U0930842

最美是杭州

麦家 著

浙江出版联合集团
浙江文艺出版社

图书在版编目(CIP)数据

最美是杭州 / 麦家著. —杭州：浙江文艺出版社，2016.8
(2017.8 重印)
ISBN 978-7-5339-4555-8

Ⅰ. ①最… Ⅱ. ①麦… Ⅲ. ①随笔—作品集—中国—当代②报告文学—作品集—中国—当代 Ⅳ. ①I217.2

中国版本图书馆CIP数据核字(2016)第131282号

责任编辑 陈富余
责任校对 许龙桃
责任印制 朱毅平
装帧设计 水 墨

最美是杭州
麦家 著

出版 浙江出版联合集团 浙江文艺出版社
地址 杭州市体育场路347号 邮编 310006
网址 www.zjwycbs.cn
经销 浙江省新华书店集团有限公司
制版 浙江新华图文制作有限公司
印刷 杭州佳园彩色印刷有限公司
开本 880mm×1230mm 1/32
字数 148千字
印张 6.25
插页 5
版次 2016年8月第1版 2017年8月第2次印刷
书号 ISBN 978-7-5339-4555-8
定价 39.00元(精)

目 录

卷三

卷四

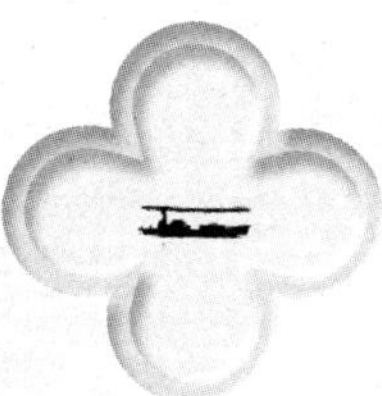

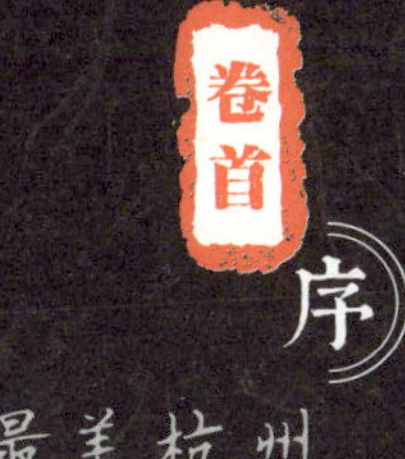
卷首
序
最美杭州

壹

2005年7月，四川诗人柏桦在给朋友的一封信中写道：“我刚去过伟大的江南。”不久，他又在精巧唯美的作品《水绘仙侣》扉页上郑重写下七个字：“献给美丽的江南”。柏桦的江南情结绝非个案，其说法得到许多人，尤其是“有着深沉历史感与文化情怀的国人”深刻而余味悠长的会心。若放眼历史长河，则因历久弥新的大传统而更具普遍性。

魏晋以降，中原人口因大规模战争南迁，江南逐渐呈现出繁荣发达的汉族文明和美丽富庶的水乡景象。江淮以北，战火纷飞，饿殍遍野，人竞相食；江淮之南，名流雅士集聚兰亭，流觞曲水，造就一个王羲之及其旷世的美学经典，“线条之美，刺人心魄”。到唐宋，江南这“刺人心魄”的美已是旗帜高张，万众瞩目。颇具传奇色彩的花间词人韦庄一生颠沛流离，晚年寓居蜀地略显困顿，面对西岭初雪、锦江如练之美景，仍不忘填词感慨：“人人尽说江南好，游人只合江南老。春水碧于天，画船听雨眠。”这里哪分辨得清自然之美与人文之美的差异？分明是“你中有我，我中有你”。再说，白居易的“日出江花红胜火，春来江水绿如蓝”究竟实指何处？似乎只能是“处处皆有此景，人人皆怀此情”的江南。自然，更不会有人去指摘丘迟笔下“暮春三月，江南草长，杂花生树，群莺乱飞”的描写太过矫揉造作，因为人们心中对江南大抵都有这么一幅图画。英国汉学家李约瑟先生，抗战时期曾到华西坝设坛演讲，述古论今，中西合璧，刮起一阵“李旋风”。讲到江南，以理性著称的李约瑟感性十足，用词夸张：中国百姓对于美丽江南那份情结和至死不渝的向往，总是显得情真意切。

其实何止是平头百姓、秀才雅士，将相帝王也饱有“江南情结”。公元 1684 年，康熙在收复台湾敉平忧患的次年，即迫不及待地启程“南巡”。此后二十三年，这位王者将沿运河水道六次南下，至杭州一带流连，赏风弄月，读书著文，有时达“旬月之久”。其排行第四的儿子胤禛，历以严肃、冷峻、不苟言笑著称，面对西湖粼粼波光，竟一时兴起，吟诗唱句于人前，“手舞足跃，红光满面”。多年后，太后故地重游，面对满园正襟危坐的勋贵，忍不住将“那稀罕”掏出心窝，溢于言表。

乾隆皇帝对母亲的回忆感同身受。这位醉心于书法、诗词和收藏的至尊，对江南的眷恋尤胜其祖，每每游历，总要在美丽的西子湖畔滞留数日，空出充裕的时光巡看风景，访察古迹，召见士人。他要把伟大的江南气韵装进自信的大脑深处，带回北京参酌政事，推广道德。唯此，才能让备受汉人士大夫明诽暗刺的“夷狄之君”有“风雅之德”。这或许是他的治国之策、帝王之术吧。既是治国之策术，自要传承广大。确实，爱新觉罗氏祖孙的江南情结里，自始至终绕不开杭州之美，他们深居紫禁城内所撰写的大量诗词足可为据。

最绕不开杭州之美的一个古人，当推白居易，他在古稀之年，在他一生的终点——洛阳城里，以更胜一筹的款款深情一举写下三首《忆江南》。尽管《琵琶行》《长恨歌》《卖炭翁》《钱塘湖春行》等秀墨早已奠定他在文学史上的不朽地位，然这组小令之问世，再度使他诗名大增、广播。其中第二首广为人知：

江南忆，最忆是杭州；山寺月中寻桂子，郡亭枕上看潮头。何日更重游！

无论从地理还是文化角度，杭州都是江南的中心，同样也是白居易在江南生涯的核心。此词把杭州定义为江南之心脏，江南之美可借由杭州之美替代。“最忆是杭州”，杭州之美点亮了白居易笔墨的光辉，与此同时，他也是杭州之美的缔造者。如同在他众多有关杭州的诗词里呈现的一样，这座城池留有他辛勤的政绩，尤以惠及民生的水利工程为彰。杭州人民不会忘记，他们温文尔雅的刺史换上青衣草鞋，在烈日下游走于西湖岸边，神采奕奕，步履轻快，概因筑堤方案中某些细节得以完善而乐在其中。

白居易在离任杭州前，用一首《春题湖上》，为他不同寻常的三年做出最低限度的合理阐释。全诗秉承了他名扬天下的文风，平白如话：

湖上春来似画图，乱峰围绕水平铺。
松排山面千重翠，月点波心一颗珠。
碧毯线头抽早稻，青罗裙带展新蒲。
未能抛得杭州去，一半勾留是此湖。

他再一次完成了一幅美不胜收的西湖水墨风景图画，与以往不同的是，此时的他既非热情的旁观者，也不是快活的体验者，他悄然站到时光的岸边，观看时光之流里旷世之美的流淌。有些美令人敬畏，有些美让人沉沦，西湖的美让人爱恋，想拥抱，想带走，想珍藏，想天人合一，想永留心间。白居易“最忆是杭州”，忆的是此地的山水之美，也忆他留在此地的情思和爱恋。美是会化掉一个人的，因为爱。因为爱，美又会变得更美，尤其是像白居易这等豪客之爱。而“最忆是杭州”的方家又何尝只有一个白居易？去西湖水边走一走，到杭州山上看一看，一路一带，山水林间，古刹门前，无不流淌着历代帝王将相、文人墨客的爱和恋，传和奇，字和画。

毋庸置疑，在中国城市化进程如火如荼的当今，杭州是一个独一无二的存和在。它虽然不是各大功能中心，却堪称中国城市与社会领域的观念样本。历史发展的趋势业已表明，后工业社会是人类发展的大趋势，自丹尼尔·贝尔于 20 世纪 70 年代首次提出“后工业社会”以来，西方发达国家的城市已经纷纷步入后工业社会。中国在未来一段时期内，也必将面临从工业化向后工业化转型的机遇和挑战。和西方诸多从工业化转型升级为后工业社会的名城相比，杭州几乎先天有一种后工业社会的属和性，山水之美，人文之美，民风之纯，“存天然而去雕饰”。杭州的城市发展经验，已成为中国城镇化进程中一个不可多得的范例。不夸张地说，它呼应了人类城市文明的演进方向，它的气质，它的内存，不仅是当下的片段，更是过去、现在、将来一以贯之的一个完美整体。

先说过去，几乎同时成书的《武林旧事》和《马可·波罗游记》，分别从不同角度记载了这座南宋都城繁荣的商业氛围，以及令人叹为观止的精致生活。如《马可·波罗游记》曾写道：

> （杭州）城内除掉各街道上密密麻麻的店铺外，还有十个大广场或市场，这些广场每边都长达半英里。大街位于广场前面，街面宽四十步，从城的一端笔直地延伸到另一端，有许多较低的桥横跨其上。这些方形市场彼此相距四英里。在广场的对面，有一条大运河与大街的方向平行。这里的近岸处有许多石头建筑的大货栈，这些货栈是为那些携带货物从印度和其他地方来的商人而准备的。从市场角度看，这些广场的位置十分利于交易，每个市场在一星期的三天中，都有四五万人来赶集。所有你能想到的商品，在市场上都有销售。

在自古重农轻商的中国，迫于儒教强大的政治压迫力，出现如此繁忙景象，堪称用海水修建出城堡的奇迹。一千年前的杭州，有违时代特征和文化特性地展开了具有超前性的行为模式，打破了某种牢不可破的坚冰，它用事实论证了商业文明的重要性和必然性，而其超越原始交易行为的价值基础，正是来源于杭州巨大的城市资本。林语堂在《苏东坡传》中就记载了这么一则逸事：

> 苏轼在杭州为官时……有一个商人因债务受审。

被告是一个年轻人，苏东坡让他说明他的苦况。

被告说："我家开了一家扇子店。去年家父去世，留下了一些债务。今年春天天阴多雨，人都不买扇子，并不是我赖债不还。"

苏东坡停顿一下，眼睛一亮，计上心来。他一看笔砚在桌子上，忽觉技痒。他对那个年轻人说："把你的扇子拿一捆来，我替你卖。"

那人回去，转眼拿来二十把素绢团扇。苏东坡拿起桌子上的笔，开始在扇子上写草书，画几棵冬日的枯树，瘦竹岩石。大约一个钟头的工夫，把二十把团扇画完，把扇子交给年轻人说："拿去还账吧。"

年轻人喜出望外，想不到有这么好运气，向太守老爷千恩万谢，然后抱着扇子跑出了官厅。外边早已传开太守大人画扇子卖。他刚走出衙门，好多人围起他来，争着拿一千个钱买他一把扇子，不几分钟，扇子卖光，来晚一步的，只有徒叹奈何了。

这绝非杭州所发生的第一起文化资本套现案例，虽然苏轼一时兴起的个人行为不适合被过度解读，但它毕竟在口口相传中潜移默化成为一种属于城市的思维习惯，被引入人们的生活方式中去。当各种引领风尚的生活方式成为日常，成为一座城市核心的价值观、信念、仪式、符号、处事方式等，成为美的时候，日常本身也就具备了不凡的价值，有了吸引他者模仿，并付诸购买的可能。如《武林旧事》所载"进茶篇"：

仲春上旬，福建漕司进第一纲茶，名“北苑试新”。皆方寸小夸。进御止百夸，护以黄罗软盝，借以青箬，裹以黄罗夹复，臣封朱印，外用朱漆小匣镀金锁，又以细竹丝织笈贮之，凡数重。此乃雀舌水芽所造，一夸之值四十万，仅可供数瓯之啜耳。或以一二赐外邸，则以生线分解，转遗好事，以为奇玩。

茶之初进御也，翰林司例有品尝之费，皆漕司邸吏赂之。间不满欲，则入盐少许，茗花为之散漫，而味亦漓矣。禁中大庆会，则用大镀金斃，以五色韵果簇饤龙凤，谓之“绣茶”，不过悦目。

即便我们不作考据，也相信“一夸之值四十万”绝非虚言。在这里，茶叶不再只是茶叶，而是升华为一种文化，一种高级的、雅致的、审美的生活内容和态度，价值得到成倍放大。以今日的眼光来看待这种行为，也丝毫不会感觉到历史的陈旧感，它依然是鲜活的、彩色的、流动的，符合城市精神和发展逻辑，而非泛黄的、黑白的，只能凭吊。杭州在自然而然中，提前好几个世纪完成了城市资本的原始积累，并适时转换为价值，无须经历工业化粗暴发展的阵痛，便已蔚然壮观，形成独一无二的高级样本。

当然，不能全靠古人吃饭。今日杭州的城市资本，除了前人

不断积聚沉淀的历史、文化所转化的独特商业价值，在自然、社会、智慧等方方面面所展现的大美，同样散发出迷人的光彩。

先说自然，在目前全世界范围内生态服务功能已经大大透支的情况下，一切活着的自然资源，对我们持续发展越来越呈现出巨大的价值，每一座青山、每一片绿水都有转变为产业资本的潜力和实力。投资自然资本，不仅可以创造水、空气、森林、湿地、海洋、矿山等环境生态系统的天然价值，实现资源性产出，更可以带来生态旅游、生态农业、新能源、新材料及新一代信息通信等产业的派生性产出，实现 GEP 和 GDP 同步增长。

凡是到过杭州的人，无不对这里秀美的山水风景赞赏有加，山连着山，山连着水，水盛着水，纵横交错，高低错落。西湖、钱塘江、北高峰、玉皇山、西溪湿地、京杭大运河、湘湖、富春江、千岛湖、丝路起点、九溪十八涧等符号化的地理样本依然保持着固有的生态，保持着天然纯粹的美。山是青山，水是清水，土是沃土，地是湿地。人们惯常印象中环境治理需要“烧钱”，杭州却无为而为，天然而治。杭州的自然资本高出一筹，不仅在于它有得天独厚的地理条件，更在于它在向现代都市发展的进程中，有选择性地发展，没有一哄而上大搞工业建设，而是大力发展旅游、文化、互联网、服务等产业，对城市不可复制的生态有针对性地保护保留，并且善于利用开发，把青山绿水转化为产业资本。在这里，青山绿水就是“金山银水”，就是联合国“最佳人居环境奖”，就是“国际花园城市”，就是“幸福指数最高”，就是“最宜居城市”。这些称号既代表杭州的过去，也引领杭州的未来。

当今中国，很多人都处于令人吃惊和担忧的道德缺失状态。肚皮饱了，钱袋鼓了，心里空了。在这种价值观趋于极端混乱和腐败的社会环境下，杭州的社会资本却呈现出令人欣慰的一面。似乎唯有杭州，从“最美妈妈”吴菊萍到“最美司机”吴斌等，接连涌现出一批影响全国、感动全社会的“最美人物”。他们是中华民族传统道德的守护者，是人心常道的践行者，是美在人间的化身。他们美在善良，美在奉献，美在责任，美在瞬间，美在积累。他们平凡又伟大，朴实又崇高。他们在我们身边，又在我们之上，成了我们这个时代的道德先锋、精神楷模，成了群众崇尚、爱戴、学习的平民英雄。时任浙江省委常委、杭州市委书记黄坤明对杭城涌现“最美人物”的现象高度重视，不遗余力地弘扬他们的光辉事迹、高亮精神，使杭州的“最美现象”得以蔚然，得以纵深。中央领导同志为此曾多次作出重要批示，盛赞浙江是“道德高地”。这种“高地”不是一天垒起的，也不是几个人筑就的。

或许大家没有忘记，若干年前骑着单车走在创业路上的马云，曾通过电视台对“偷井盖”现象做过的道德测试。那时的马云不是名满天下的“英雄”，只是默默无闻的一个普通市民。贵在普通！一个地方何时美丑不分、善恶不明、道德失道，说明这个地方的天空正在收集乌云。杭州的天空向海而展，钟情丽日。杭州的天空收集的是高天彩云，是皎洁银光，是春风送爽，是润物无声，是物质更加富裕、精神更加富有。正是这种厚德、友爱、向善、孝道的社会资本在无形中产生的无形力量，内化于心，外化于行，从而有效提高物质资本和人力资本的投资收益，推动区域经济发展。

当下，杭州市政府大力倡导建设“智慧之都”，打造“文创之城”“互联网产业中心”，更是一着妙棋。时代在变，发展之道在变。在我国劳动力优势逐渐丧失、不断推进经济转型的背景下，区域智慧资本理论以崭新的视角，为全国及区域经济发展和创新提供了独特而有效的思路和经验，对推动转变经济增长方式，强化自主创新能力，实施国家及区域经济转型升级，实现持续协调稳步发展具有重要作用。马云和阿里巴巴，宗庆后和娃哈哈，丁磊和网易，赵依芳和华策及其影视文创产业等，早已不是单纯的企业，它们已成为中国商业社会引人注目的“帝国”，渗透到人们生活和精神的方方面面。试想，当下中国如果将杭州的这类“智慧无烟企业”抽离掉，将是怎样一个难堪局面?

要知道，他们不是从石头缝里蹦出来的，他们是从历史土壤里长出来的。在他们之前，以胡雪岩为代表的杭州商人，实际上已将智慧资本推到一个高度。如今，基于传统，杭商们自发形成一个具有共同思想的集团，以仁民爱物之心，穿透金钱和常情的度量，深谙创新之道，到达更高的境界、更辽阔的彼岸。

更可贵的是，杭州市政府在人才战略上，始终将人力资本置于中心地位，发挥着核心和能动性作用，决定着本区域智慧资本的实施效率和效果。可以预见，在杭州未来的发展中，“智慧之美”“创新之路”将占据越来越醒目的位置，为21世纪城市资本论的意义明白注解。

肆

本书着重从文化资本和社会资本两个角度探讨杭州的美。

本书的每一卷，都将由以下四个部分构成：一是一位与杭州有千丝万缕联系并留下宝贵精神遗产的古人；二是一位在杭州成长起来的当代道德模范；三是一本与杭州关系密切的书籍；四是一家在杭州的富有审美情趣的特色书店。这看似风马牛不相及的四个方面，集合起来却大致能够展现出最美杭州的若干底蕴和内涵。

很多时候，人们往往会因一个人的缘故关注一座城，甚至爱上一座城。譬如达·芬奇之于佛罗伦萨，约翰·列侬之于利物浦，迈克尔·乔丹之于芝加哥，张国荣之于香港，马云之于杭州。伟大人物的才华和性格，往往是他所生活城市的精神高度的浓缩甚或突破。杭州拥有诸多这样了不起的历史人物，“西湖三杰”岳飞、于谦、张苍水壮怀激烈的民族责任感和热血情怀，白居易、苏东坡的翰墨留香，胡雪岩翻云覆雨的中国智慧，马可·波罗生动的他者视角，孙策偶像般的贵族气质……他们令杭州人文的内涵得到放大，令这个城市具备“向美而生”“从善而流”的底蕴和风骨。

为什么杭州会涌现系列的“最美人物”？正如浙江省委常委、宣传部长葛慧君在接受《人民日报》记者采访时说的：“一个地方陆续出现‘最美妈妈’‘最美司机’‘最美警察’等好人美事，这种现象不是偶然的，是最美的土壤孕育出最美的硕果。像种子发芽需要土壤一样，这种最美的力量，根植于中华民族深厚

的道德积淀，这种精神基因一直渗透在浙江人民的血脉中。”有关他们的事迹报道也许已经多如牛毛，但作为展现杭州大美的一本书，他们作为这个城市社会资本的核心，自然不能缺席。所以，本书再度还原了他们的事迹和生活，希望能够更加细致入微地寻求他们的道德之长、思想之光、精神之美，温暖人心，传递正能量。

这个时代重变道，人们心里有太多喧嚣的欲望，而少了安详和坚守。这不能不说是一种缺憾。其实我们需要的并不多。今天的我们，真正需要的也许就是去某家书店坐一坐，看一看，听一听，想一想。这里有比飞翔还轻的东西，有比钞票还要值钱的纸张，有比爱情更真切的爱，比生命更宝贵的情和理。在这里，你无意间听一个陌路人闲聊，或者翻开一册闲书，很可能就意味着你会拥抱一种新的生活。所幸杭州有不少书店，尤其是一些民营独立书店，颇具特色。它们是小的，又是大的，可以容下一个城市的心和未来。这是我们要把书和书店纳入本书的初由。

就像数学上有常数一样，人类的精神应该是有常道的，城市的发展也是有常理的。有些东西，比如友爱、仁慈、敬畏、责任、孝道等优良品质是不能变的，否则人世就会失去基本的坐标和底线，天地就会乱了套，就像航船失去罗盘。没有常道的人生，我们无法对自己的行为作出肯定。没有肯定，否定又如何有力量？没有常道，一味崇尚变道，变来变去，变天变地，把人世变得黑白不分，把天地变得云泥无别，我们又如何去与一只绿头苍蝇作别？这本书，说到底是我们在寻找一个城市发展的常道，它应该是让人心更美、山水更美。

上古竞于道德
中世逐于智谋
当今争于气力
——《韩非子·五蠹》

古人 苏轼：天才的分内之德

倘若要选出中国历史上最为出类拔萃的天才人物，我相信一定会有不少学者将选票投给苏轼。这位在诗词、散文、书画、音乐、哲学、政治、经济、教育、中医、水利工程乃至美食方面的造诣都被称作第一流甚至顶尖的大师，其生前即受到欧阳修、黄庭坚、秦观等同时代巨匠们的广泛尊崇，他的影响力并未被巨大的时空洪流所稀释，反倒历久弥深，以至八百年后的另一位天才执意为其著传，惺惺相惜之意一目了然。

苏东坡像（元·赵孟頫）

与留下大量描写江南风情诗篇的白居易不同，苏轼最好的文学作品似乎与杭州并无太大关联，家喻户晓的大约只有那句“欲把西湖比西子，淡妆浓抹总相宜”，但这并不影响他把最好的政绩留给杭州，留给最美的西湖。《宋史·苏轼列

苏轼（1037—1101），北宋文学家、书画家。字子瞻，号东坡居士，眉州眉山（今属四川）人。嘉祐进士。神宗时曾任祠部员外郎，因反对王安石新法而求外职，任杭州通判，知密州、徐州、湖州。后以作诗『谤讪朝廷』罪贬谪黄州。哲宗时任翰林学士，曾出知杭州、颍州等，官至礼部尚书。后又贬谪惠州、儋州。北还后第二年病逝常州。南宋时追谥文忠，与父洵弟辙合称『三苏』。其文汪洋恣肆，明白畅达，为『唐宋八大家』之一。诗清新豪健，善用夸张比喻，在艺术表现方面独具风格。与黄庭坚并称『苏黄』。词开豪放一派，对后代很有影响。能画竹，学文同，也喜作枯木怪石。

传》以令人惊异的超长篇幅详细记载了这位两度出仕杭州的官员是如何疏浚西湖与运河为民谋求福祉的，其成效亦相当令人满意，以至出现“轼……有德于民，家有画像，饮食必祝。又生作祠以报”的罕见情景。善良的杭城百姓感动于苏轼临别前夕赋下“独眠林下梦魂好，回首人间忧患长”的拳拳情怀，他们迫不及待地要向这位友善而卓有实绩的学者官员表达感激之情，全然不顾他位居冲要的政敌们随时有可能报复性地改变他们卑微的命运。

也许会有他者提出合情合理的见地：惠民工程岂非为官分内之事？以苏轼震古烁今之大才，如此褒扬似乎有些小题大做。但我认为，恰是分内之事才更加彰显伟大人物的伟大之处。从古到今，多少自以为是的人物（包括我自己），好高骛远，眼高手低，总是盯着自己无法企及的问题，做白日梦，行徒劳事，最后两手空空一事无成，反倒抱怨时运不济，把责任推脱干净。苏轼无疑有宰相之才，但出仕杭州的现实并不允许他时刻挂念所谓的天下大计，他把几乎所有才能和精力用在了本地实实在在的政务，用在了治下百姓最迫切需要的地方，在力所能及的范畴之内做出贡献，行分内小事，展不朽大德。对于整个文学界而言，苏轼最好的作品大概是《念奴娇·赤壁怀古》或者《赤壁赋》，对于杭州而言，他最好的作品一定是苏堤。

苏堤春晓，大美乎其景，大美乎其德！

位于杭州市苏堤南端映波桥旁的苏东坡纪念馆，毗邻雷峰塔、净慈寺、花港观鱼，与章太炎纪念馆、张苍水祠、太子湾公园隔路相望。

苏堤春晓今昔对比

三苏雕像。从左至右依次为苏轼、苏洵（苏父）、苏辙（苏轼弟弟）。此三人位列『唐宋八大家』，文学造诣非凡。

今人 王万林：500 多个“拉兹”的“爸爸”

2012 年 12 月 1 日。清晨。很好的阳光。杭州学院路翠苑街道一幢老式居民楼沐浴在清晨的暖阳之中。楼房虽然略显陈旧，楼道里光线也确乎暗了点，却整洁清静，有种古早的味道。

王万林就住在这幢楼里。

每天，老王一早就起来。“人越来越老，

浙江卫视综艺节目《中国梦想秀》的舞台上，王万林和他的儿子们。

觉越睡越少。”他说，“我现在每天只睡几个小时，天一亮就起床。”他没有老伴，没有孩子，一个人生活，但并不孤独，家里经常“人满为患”。他也不闲着，每天都有好多事要做，这不，刚吃了早饭，他就准备出门了。

刚开门要走，手机铃声响了。他连忙接起：“你好，请问你找谁？”

这是老王接电话的习惯，别看他已经年近七十，可是脑子清醒着呢，而且，思想和行为一点儿都不背时。这都得益于他经常与一大群孩子打交道，是孩子们教会了他“时髦”。

“喂，是王万林爸爸吗？”电话那头传过来一个熟悉的男中音。在老王听起来，这声音，是那样的亲切、温馨，与当天早晨的阳光一样，让人心生暖意。

“你是谁？”

“我是一峰啊！”

听到对方自报家门，王万林略一顿，然后笑了：“哦，是一峰啊，你在哪里，你好吗？”

“爸爸，我在家里，我很好。今天早晨起来，我忽然想你了，就给你打个电话。爸爸，你身体好吗？”

“好！好！我的身体很好！”王万林有点激动，握手机的右手在微微颤抖。

这个电话来自安徽。

这个叫一峰的人姓俞，时年 34 岁，有家有室，事业有成。可是回头 18 年，他可是个可怜的流浪儿，像著名的印度电影《流浪者》里的小拉兹唱的一样，“到处流浪，孤苦伶仃，露宿街巷”。是王万林救助了他，收留了他，给了他一个崭新的人生。

其实，老王经常接到这样的电话，从全国各地打来，一声声响亮亮地叫他“爸爸”。说来也许不可思议，却是千真万确：俞一峰不过是老王30多年来救助收留过的500多个流浪儿中的一个。其中至少有一百多个跟老王保持联络，经常通过各种途径找上门来，或者打来电话问候“王爸爸”。

“爸爸，今年你到我家来过年好吗？”电话那头，俞一峰向老王发出邀请。

“嗯，嗯，嗯……”老王的声音开始颤抖，眼角流出泪水。每次接到这样的电话，老王总是控制不住情绪。

“那好，年前你一定要过来，咱们约好时间，到时候我去接你。”

“好！好！好！”挂掉电话，王老先生抹一把眼泪，像个孩子一样，破涕为笑。

王万林说这是他最幸福的时候，“人都是有良心的，他们都惦记着我呢。”他洋溢在甜蜜中，“我虽然是个孤老头子，可是有几百人叫我‘爸爸’呢。”

老王家两室一厅，几乎没有什么装修，客厅朝北，光线略暗，除了一张餐桌和鞋架外，最显眼的要数墙壁上贴着的一个“爱”字；一间客房，没有任何家具，因为并排放着两张大床，有家具也放不下。现在，这屋里还住着五个被他暂时收留的流浪少年，他们走了，还会有新人来。老王的收入，都花在了这些人身上，哪里有钱添置家具？

寒碜是一目了然的，但老王自己觉得很富足，也很满足：“别人钱多，我不眼红。钱这种东西嘛，多就多用，少就少用，生活是花不了多少钱的。有这么多人认我当爸，是我最大的财富。我钱不多，但我帮的人多。如果我钱更多，我会尽量再多帮几个人，这倒是我最在意的事情。”

说着，他等不得地要出门。去哪里？火车站，要不就是汽车站。他平时没什么特别爱好，唯一喜欢的就是出门转转，到火车站、汽车站这些地方“溜达”。他说：“习惯了，改不掉了。”因为，“小拉兹”们一般都在那些地方流窜。

王万林虽然上了岁数，记性却出奇地好，脑子半点都不糊涂。他清清楚楚地记得，第一次收留救助流浪儿，是 1979 年初的一天。

那天，王万林正好下班回家，在公交车站附近，见到一个十四五岁的男孩，穿得有些破烂，一脸茫然无着的样子，看起来不像在等车，像个流浪者。王万林盯着他看了一会儿，朝他走过去。想了想，又停下来，想回头，一走了之。可是，仔细地看着这个茫然四顾的少年，心里总不是个滋味，迈不开“一走了之”的脚步。最后，他还是被善良推动着，朝孩子走过去。

这个男孩叫冯玉印，江西人，被家乡的包工头骗到长兴一家煤矿做小工，小小年纪，受尽了折磨，挖煤，拉车，搬煤，起早摸黑，没命地为煤老板干活。矿井里，随时都有塌方、瓦斯爆炸的危险。小男孩一边干活，一边听着大人们私下的议论，吓得发抖。他小小年纪，哪里吃得起这种苦头？而且，天天面对那样乌黑隆咚的矿井，他害怕极了。趁着大人们晚上熟睡的时候，他不顾一切，摸黑起身，冒险逃出煤矿，一路乞讨，流落到杭州街头。

王万林听完小男孩的哭诉，心头涌上一阵酸楚，二话没说，领着他回了家。

当时王万林的母亲尚健在，领孩子回家时，他担心母亲怪他“多管闲事”。可是母亲听了小家伙的经历后直掉泪，帮他洗澡，洗衣服，给他烧白米饭吃。几天后，王万林帮小玉印买好回家的火车票，送他上了火车。

老王说：“这是我第一次‘管闲事’。”母亲用行动对他的善良举动给予赞许，还叮嘱他：“以后碰上这种事体，只要能帮，就尽量帮帮人家。行善积德是好事，做好事会有好报的。”

从此以后，王万林开始留心起路上的流浪儿，看到衣衫褴褛、眼神迷茫的孩子，他都会主动迎上去询问，了解情况。如果确实是流浪儿，他总是想方设法帮他们，每一次都得到母亲的赞赏和支持。渐渐地，这成了他的“爱好”，他开始有意识地去火车站、汽车站这些地方“溜达”，寻找流浪儿。

王万林有点自豪地说，自己有一个“特异功能”，很容易将流浪儿从人群中辨认出来：“那些孩子衣服一般都挺脏，而且神情看上去很慌张，和普通孩子不一样。”

问他为什么要这样做，答案令人吃惊。

“这跟我年轻时的不幸经历有关。”老王回忆道，“当年我在省歌舞团工作时，有个邻居丢了块手表，一口咬定是我偷的，我因此被送去劳动教养了两年。后来手表虽然找到了，但我失去的那两年自由却再也找不回来了，而且因为我有劳教过的污点，被人看不起，个人问题也老是解决不了。我活得很痛苦，不希望别人像我一样，经历这种不幸。”

因为经常救助流浪儿，王万林开始“好名在外”，他的个人问题终于得到解决，他迎来了一生中最好的时光。

可是好景不长，老婆受不了他经常带流浪儿回家，十几次几十次劝阻都不行，一气之下跟他“别了”。老婆不理解他的做法，那时他们家很小，几十平米大，却常常有几个“孩子”跟他们同吃同住。最多的时候，曾住过 11 个孩子，沙发上，地板上，角角落落，都睡着孩子，满满当当，行动都不便。至于吃的，老王就去蔬菜批发市场，尽挑便宜的买回来，烧大锅菜保证他们吃饱。管吃管住，有时还管回家的车票，家里有点钱都被他折腾完了。

老王理解老婆的选择。“我确实有点不考虑她的感受，我对不起她。”老王说，“虽然我心里知道，但上街看见那些流浪儿，就不知道了，我控制不住，像是一种本能，要去管他们。”

每当他看到街头的流浪儿时，就会去关心，问清家庭地址、流浪原因，然后打电话或写信到当地或孩子的家里核实。有家可回的，他给他们买好车票，送他们回家；无家可归的，收留下来，管吃管住，短的两三天，长则七八年。有工作能力的，送他们去学手艺，学成之后再帮他们找工作。没有工作能力的，找政府协调，尽量安置他们。老婆说他“着魔了”，老王说他“习惯了”。

对老婆别他而去，老王当然心有遗憾，但并不后悔。他对老婆没有丝毫怨恨，“女人都愿意过实实在在的家庭生活，这是大多数女人的想法，没办法的。我理解她的选择，但我也想坚持自己的选择，这就是矛盾。有矛盾，就散了。我不恨她，这可能就是我的命。”

如今，王万林是一名孤寡老人，但从不感到孤单失落。他说：“虽然我没有亲生儿女，却子孙满堂，遍及全国各地。”

电视机是老王家少有的电器之一，电视机柜是少有的家具之一。在电视机柜子里，珍藏着满满的一柜子的信件和照片，那是“拉兹”们或他们的父母给“王爸爸”寄来的1300多封信。每一封信、每一张照片的背后，都记录着一个与流浪儿相关的故事。

2014年，老王正好七十周岁。10月19日这天下午，老王坐在杭州城西一家素食餐厅里的太师椅上，眼泪流了又流，怎么也止不住。因为来的“儿女”太多了，106个！来自全国四面八方，代表着511个老王曾经救助过的“拉兹”。每个人见了他，都对老王跪拜，一声声叫他“爸爸”“王爸爸”，给他祝寿，向他致敬。

这天，是老王七十周岁生日。

这天，是老王最幸福的日子！

书籍 林语堂《苏东坡传》：天才相惜以大德

如同唯有疯子才能理解疯子，能够完全明白一个天才的世界的，大概也只有另一个旗鼓相当的天才。从这层意义讲，林语堂无疑是为苏轼著书立传的不二人选。林语堂本人对此显然也有充分的认识，他不无自豪地表示：

> 知道一个人，或是不知道一个人，与他是否为同代人，没有关系。主要的倒是是否对他有同情的了解。归根结底，我们只能知道自己真正了解的人，我们只能完全了解我们真正喜爱的人。我认为我完全知道苏东坡，因为我了解他。我了解他，是因为我喜爱他。

但林语堂并没有把苏轼高高捧起奉若神明，除开对王安石、吕惠卿根深蒂固的偏见，他未曾展露丝毫试图通过《苏东坡传》打扮那段历史的野心。他无与伦比的语言天赋，赋予了本书罕见的阅读快感（林氏系以英文撰写，有能力者宜读原作）。另一方面，他对素材的取舍同样令人印象深刻。在我多年的阅读印象中，大多数名人传记的作者，生怕遗漏了笔下人物生平任何有价值的事迹，造成作品资料性的不完美，这样中规中矩的做法，很难轻易置语褒贬，但不讨巧似乎绝无可疑。林语堂与生俱来的不寻常，信手打开了另一扇看不见的窗，他几乎只用了几笔素描，只印证了几个看法，便已塑造出一位有呼吸有温度有心跳，轮廓宛然的东坡居士，大师手笔一目了然。他所指出的一些个性问题和价值问题，则一再被评论家反复提及，如“不可救药的乐天派”，又如“他身上显然有一股道德的力量，非人力所能扼制，这股力量，由他呱呱坠地开始，即强而有力在他身上运行，直到死亡封闭上他的嘴，打断了他的谈笑才停止”，在如今显然已成为苏轼研究的基础性共识——这在事关杭州的重要章节《工程与赈灾》中显得尤为明显。那位已渐入老年光景依然被大材小用的太守，在疏浚运河的问题上，面对朝堂的守旧针对、同僚的无动于衷和技术层面的复杂，已令他举步维艰。他似乎只有利用太后对他的信任，才能为杭城百姓的生计带来实实在在的裨益。综观世人，绝大多数会因太后的青

《苏东坡传》中《工程与赈灾》一章里，苏轼排除万难为杭州百姓建堤筑坝，疏浚水利，深得百姓爱戴。图为位于杭州西湖苏堤南端的苏轼雕像，守护着杭州城，守护着杭州人民。

眼而沾沾自喜不可一世，也有少数自命不凡者会感觉自尊受挫难以自排最终拂袖南山，唯有苏轼这样绝顶聪明的人物，才会淡然处之，从从容容，不喜不忧，坚守悲天悯人的道德力量，尽最大可能为百姓谋求福祉，其他的真就微不足道了。

掩卷而思，苏轼顶尖的才能带给了他太多的孤独、无奈、不理解和被排挤，带给了他大情怀的不落地，以及大爱大德的非议。而这所有的一切无一不在林语堂自己身上 Yesterday once more，正如第三位同样熠熠闪灼于青史的天才王阳明临终遗言所定论：此心光明，亦复何言。他们的大，无不可对人言，但大就是小，就是无，大音希声，终于无言可言。唯有大德昭昭，无论时空变幻，始终沐浴人心。

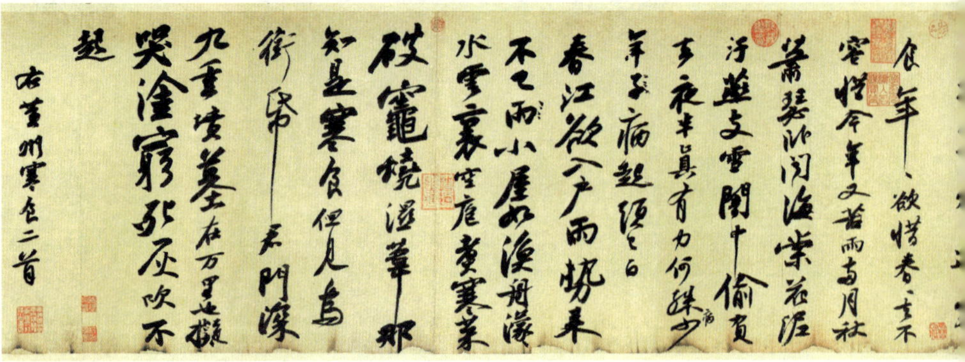

林语堂用了整整一卷来描写苏东坡的贬黜生涯，那已是他一生中第二次被贬。苏轼撰诗并书的《寒食帖》被称为『天下第三行书』。

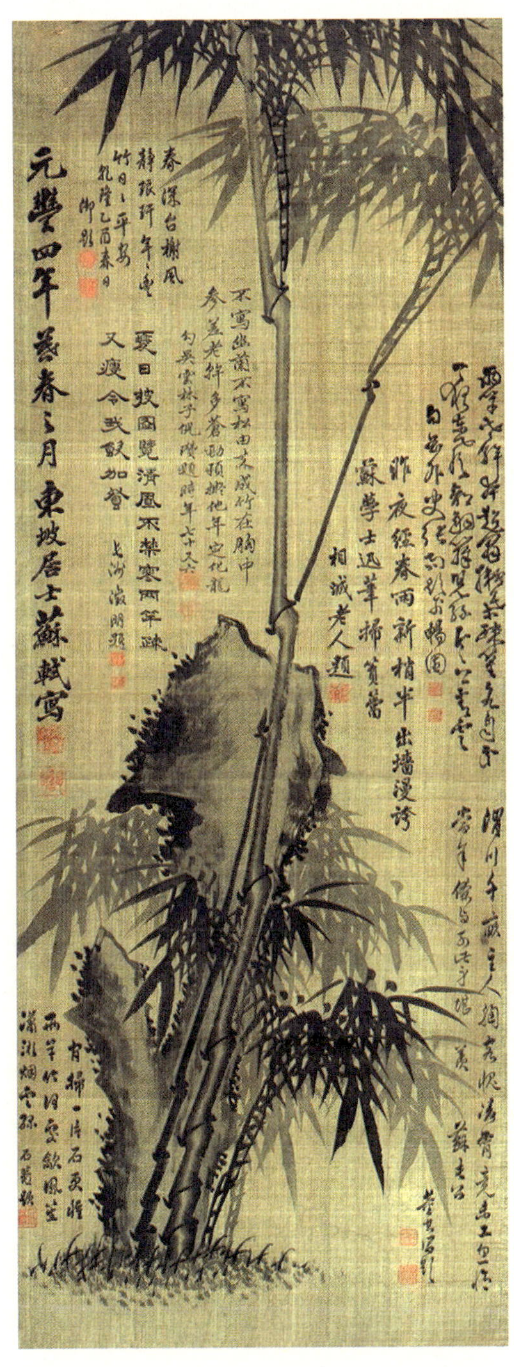

《苏东坡传》中说，苏轼在表现中国笔墨欢愉的情趣上独创一派。图为苏轼画作《竹石图》。

书店 晓风书屋

体育场路527号，“晓风书屋”的店招上，两个小孩榻上相对而坐。寥寥数笔，一望而知的丰子恺。这是杭州留存至今最“古老”的独立书店。

丰子恺有句话，说形状和色彩有一种奇妙的力，能在默默之中支配大众的心。山乡的居民大都忠厚，水乡的居民大都活泼，也是因为常见山或水，其心暗中受其力的支配，便养成了特殊的性情。

回到1996年。那个杭州独立书店星罗棋布的年代，保俶路和省府路口一个临时建筑内，门牌号161号，一家25平方米的小店悄悄地开业。1996年，21岁的朱钰芳不会想到，多年后这个国家的总理将走进她的书店，就像一个普通客人。

当一流地段的独立书店们渐渐萧条、散去、消失时，晓风却从那个临时建筑里走出来，如今12家门店的格局，总让人有抬头就见杨柳岸晓风残月的恍惚。

南山路浙江美术馆的晓风书屋，是艺术家没事儿就转悠一下的去处，主打艺术书；北山路新新饭店一角，三十几平方米加一个狭长的天井，推门就是西湖，门口一辆黑色的黄包车，书不算多，民国范儿十足；浙江大学西溪校区店，是浙江大学出版社邀请去的——出版社的编辑们亦经常需要接触外界的新书信息；浙江大学紫金港校区等大学店，则是高校邀请店，是学校给学生和老师的福利；2015年底，晓风书屋甚至在浙江省人民医院也开出了分店，同连锁咖啡馆星巴克一道，医院终于也不那么灰调。

李克强走进的晓风书屋运河店，距离杭州的另一处世界文化遗产京杭大运河不过十米。

那个秋天的早上，站在店门口的朱钰芳对考察京杭大运河经过的李克强喊了句“总理好，欢迎到书店来坐坐”。后来被网友评论说，这算是“一次充满勇气的搭讪”。

图为杭州城中各晓风书屋的照片。杭州城逛得累了，选一家晓风书屋，买一本书，要一壶茶，可以惬意地消磨一整个下午。

然而勇气也好，12 家也罢，风光背后，百感交集。

独立书店最为风雨飘摇的 2012 年，曾经存在过一家时间最短的晓风书屋，共 72 小时，“晓风乌托邦书店”。然而“空想”这回事就是这样：只要敢想，又何尝没有变成现实的可能？

如果在晓风书屋碰到朱钰芳，不妨同她聊上两句。这个说话率直的女人，热忱，精力过人。当年喜欢丰子恺，就托朋友找到丰子恺的女儿丰一吟，老太太也极爽快，送画一幅，从此就有了体育场路店招上的那幅画；再后来，她便同丰家人成了朋友，做起丰子恺的系列衍生品；若干年前陈丹青来杭州，朱钰芳请他吃了碗片儿川，然后就拖来同读者们见面。

那梦想多年未变：做一个像莎士比亚书店这样的百年老店。

喷泉的高度不会超过它的源头
一个人的事业也是这样
他的成就绝不会超过自己的信念
——亚伯拉罕·林肯

古人 岳飞：民族的信念

纵观史册，岳飞无疑是具有极大影响力的人物。从某种意义上讲，他的人格精神构成了我们民族魂魄中如脊梁般伟岸挺拔的一面。通过阅读像岳飞一般具有影响力的人物的著作和传记，人们往往会因文化上的高度认同而产生发自内心的感动，这对人们的品质构筑是极为有益的。因此，在风波亭悲剧之后的千年，除去清廷因岳飞系其祖先仇雠而在很长时间内不予理会（但也不敢侵毁，据说，年幼的康熙在接到鳌拜相关报告时，便曾担心拆掉岳庙可能会导致民众情绪失控）之外，无论官方还是民间，都会经常性地发起悼念活动，于某种关乎国运成败的高度加以教育或警示。在杭州的岳王庙，你会随时随地发现这样的活动留下的痕迹，并感受到人们不褪色的敬仰热情。

岳飞像

岳飞（1103—1142），南宋抗金名将。相州汤阴（今属河南）人，字鹏举。北宋末年投军，任秉义郎。高宗即位，上书反对南迁，被革职。不久随宗泽守卫开封，任统制。泽死，从杜充南下。建炎三年（1129），金完颜宗弼渡江南进，他移军广德、宜兴，坚持抵抗。次年，金军在江南军民的反击下，被迫北撤，他攻击金军后队，收复建康（今江苏南京）。所部军纪严明，英勇善战，称『岳家军』。绍兴十一年十二月二十九日（1142年1月27日）以『莫须有』的罪名与其子岳云及部将张宪同被杀害。孝宗时，追谥武穆。宁宗时追封鄂王。有《岳武穆遗文》（一作《岳忠武王文集》），诗词散文都慷慨激昂。葬于杭州西湖西北栖霞岭下。

卑鄙之人的卑鄙之处往往各有不同，伟大人物的伟大之处却常有相似。岳飞死于一场出乎他本人思虑范畴的阴谋，以儒教特有的眼光看，我们似乎完全可以理解赵构对于军事胜利之后将要迎回徽、钦二帝的恐惧，以及对手握重兵的“权臣”根深蒂固的猜忌，但必然无法同情元凶秦桧为无法见光的政治构架，阴谋陷害忠良的卑劣行径。无论如何，岳飞之死是中国五千年历史上最不光彩的事件之一，很长一段时间里，这一事件打击甚至伤害到了国人关乎道德和信念的思虑。于是在秦桧死去后不久，一场波及全国，甚至影响到了金廷决策的平反运动在全国范围内轰然展开，岳飞的子孙得到了姗姗来迟的名誉和政治实际。从这位曾经的元帅留下的几篇第一流的诗词看，南宋人民深信他们的帝国损失的不仅是一位军事天才，更令他们感到焦虑的是，随着他的死亡，帝国几乎已失去了北伐胜利的所有可能，流落江南的中原难民重返故土的愿望沦为永久之梦，半壁江山乌云笼罩岌岌可危。

杭州西湖边的岳王庙，每年都会有许多游客慕名而来，或瞻仰或凭吊。

岳王庙中岳飞墓前的秦桧夫妇铁铸跪像，墓前还有清代松江徐氏女所写的名联：青山有幸埋忠骨；白铁无辜铸佞臣。据载，岳飞是被秦桧以『莫须有』的罪名陷害致死。

不少人因此惶恐难安，而更多的人，则已投身“西湖歌舞”的太虚幻境中，陷入不负责任的永日沉睡。

然而，岳飞的悲剧在那个错误年代根本无法避免。恪守“尽忠报国”母训的岳飞拥有一颗近乎纯净的赤子之心，他在军事上绝世的才能与政治上极端的幼稚同样令人难以置信。他既不爱色，也不贪财，更不怕死，连孔丘都免不了“食不厌精，脍不厌细”的美食他也不爱，吃个肉包子都要大赞“竟有如此美味”。我难以想象这样一位满心“直捣黄龙”的率真人物能够讨得拥有极高艺术修养和享乐情趣的皇帝的欢心。赵构与他之间的政治交易，仅是为了倚仗他的勇武而换得万乘之尊的稳如泰山，但岳飞一而再再而三于皇储、北伐以及拥兵这样大犯忌讳的敏感问题上不断开罪，也难怪纨绔颟顸的赵构会与秦桧一拍即合，宁可违背赵匡胤不杀大臣的祖训也要对其痛下杀手。

英雄的信念与官僚政治之间，是令人沮丧的格格不入、不合时宜。但是，我们民族绝对不能没有这样的信念，因为我们需要面对的，不仅是那些道貌岸然的官僚，还有我们的父老、我们的历史、我们的内心，以及我们的未来。

今人 吴斌：76 秒长于百年

76 秒能干什么？

站在十字路口晃一个神儿，等红灯变成绿灯；拿出手机刷朋友圈，看十几个人的最近状态；对着网页发一个不走心的呆……

吴斌危急时刻的决定，拯救了一车的乘客。图为大巴车载摄像头记录下来的那危情 76 秒里吴斌的坚持。

但在2012年5月29日的那一个当下，76秒，是一个英雄以职业职责的磅礴信念换来25个生命的闪亮且永恒的“瞬间”。

英雄的名字叫吴斌，是一名长途汽车司机。在那个76秒之前，48岁的他已经安全行驶近十年、行程一百多万公里。如果没有那场飞来横祸，他仍旧会像大部分人一样，继续扮演他好丈夫、好父亲、好员工的平凡角色，幸福生活，勤奋工作。

事情发生在从无锡到杭州的高速公路上，驾驶着长途大巴车的司机吴斌被迎面飞来的金属块击中腹部，导致肝脏破裂，三根肋骨骨折，肺、肠严重挫伤——没有人知道那是何种程度的痛，也没有人能够知道吴斌当时想了什么，他几乎是用生命的最后一丝气力将车从高速行驶中安全停到了路边。

车载摄像头记录下了那危急的76秒全程，惊心动魄：

> 11时39分24秒，一个物体击穿挡风玻璃，砸向身穿天蓝色工作服的吴斌腹部和手臂，强大的冲击力使他一只手脱离方向盘，不过他第一时间用力牢牢把住方向盘，未使车体发生剧烈偏移，而后右手本能地捂了捂伤口，又迅速把手握回，稳住方向，伸长右腿，踩住刹车。
>
> 11时39分48秒，目视前方，右手努力换挡，减速，靠边。
>
> 11时39分52秒，解开安全带，拉手刹，打开双闪灯，车已经稳稳当当地停在了路边。
>
> 11时40分05秒，吴斌想起身，未果，又挣扎一下，头歪向一边，最终依靠着座椅勉强站了起来。
>
> 11时40分40秒，吴斌摇摇晃晃地转过身，对着

车厢里的乘客说着什么，而后右手捂着腹部，跌坐在后排的座位上。

据乘客后来说，他们听到他说的最后一句是：“给我打 110 和 120，你们不要乱走，注意安全。”——剧痛如斯，他仍能心系乘客的安危；危急如斯，他还冷静地完成一套标准的高速公路安全停车流程！

试想，如果“怪物”飞来时，吴斌放弃方向盘，本能地逃生会怎么样？如果在巨大的痛苦面前，他本能地放弃方向盘，又会怎样？车辆必然失去方向，冲上围栏、隔离带，或者冲下路基，甚至有可能撞上其他车辆，引起翻车或连环追尾。在车辆飞驰的高速公路上，不论哪一种情况发生，车上 25 个人都有可能面临生命危险，后果不堪设想。

然而就在那 76 秒里，吴斌用一系列专业、职业的停车动作完成了自己作为一名司机最后的责任。而乘客们，从始至终都没感觉自己乘坐的客车发生了事故，车停得平稳，就好像临时停靠一般。

2012 年 6 月 1 日凌晨，在医院里昏迷了三天的吴斌，终因伤势过重，不治身亡，年仅 48 岁。

事后，引发这一事故的祸首被揪出来，是对面行驶的一辆货车的一个刹车鼓。这个刹车鼓长约 30 厘米，宽 15 厘米，重量近 4 公斤，以这种质量和高速公路上的速度，在击中吴斌的瞬间，所产生的冲击力，超过一吨，他所承受的疼痛，不言而喻！他在巨大的疼痛中为了把车稳稳停好要付出什么，更是不言而喻！

有人说，吴斌是个超人。可哪有什么超人，吴斌其实就是一个把本职工作做好的普通司机。他来自一个普通的家庭，和妻子汪丽珍结婚 18 年，育有一女，16 岁，正读高中，一家三口，普普通通，有普通家庭的烦恼，也有普通家庭的温馨幸福。在妻子眼里，吴斌不是个浪漫的人，但他细心、温暖、贴心，每天上班前会给自己一个拥抱，偶尔会一起看一场电影。如果不是这次事故，妻子汪丽珍都不会意识到，他们夫妻俩的合影一共只有三张，最近一张还是十年前，两人在西湖边的春光里依偎在一起，满脸幸福。

这十年，吴斌都在车上、路上。他行驶一百多万公里，无一次交通事故，乘客零投诉，是当之无愧的“百万公里安全行驶之星”。吴斌的同事说：“吴斌在单位里一直是默默无闻的，也一直是兢兢业业的，乘客是他心里最重要的人。”就在救护车开往医院途中，他留下了生前最后两句话：一句是“乘客都安排好了吗”，另一句是“我感觉我不行了”。“安全行驶之星”最后没有给自己留下安全，他走了，带着一生的平凡和“76 秒钟”的不平凡。

不平凡的人有平凡人的遗憾和愧疚，他陪旅客一路走了一百多万公里，可以绕地球三十圈，可他还没有带妻子出过一次省。也许他已经意识到对不起妻子，事发前一天，他已经请好年假，订好机票，准备带妻子去云南旅游。这一趟云南之旅，将是他们一起旅行的最远地方，然而吴斌不得不永远失约了。

妻子说：“他去了更远的地方，天上。”

其实，吴斌还去了更多的地方，那就是人们的心里。

在吴斌出殡的那天，杭州城里交通堵塞，不计其数的人和车纷纷自发涌上街头，送别这位“最美司机”。人们手里举着“向平民英雄致敬”“杭城英雄一路走好”“最美司机我们怀念您”等横幅标牌，眼里流着泪，嘴里喊着“斌哥安息！”“斌哥再见！”其情炽热，令人动容；其景罕见，令天地动情。这不是政府安排的，这是善良的人们发自肺腑的心声，和最真挚的告别。

> 今天，整个杭州只有一位司机；
> 所有的事情连同西湖的水光都只是乘客；
> 今天，司机用生命把客车停靠在岁月的宁静里；
> 今天，离开的是死亡，留下的是责任、爱和伟大的平凡；
> 今天，叫吴斌。

这是诗人潘维为吴斌写的一首诗:《今天，叫吴斌》。一时间，为颂扬吴斌精神的歌者不乏其人，文章铺天盖地。时事评论员郭文斌这样撰文写道：

> 什么叫临危不惧？什么叫责任？吴斌以自己的生命诠释了责任的真正含义，感动了无数的人。
>
> 英国王子查尔斯曾经说过:“这个世界上有许多你不得不去做的事，这就是

责任。”相信我们身上都有责任的使命感，有时候，因为周围的不良环境，因为前途的渺茫，而泯灭了自己的责任心，面对“最美司机”，我们深感惭愧。

一个人在临死之前，想到的是别人的生命，这是难能可贵的，但如果没有高度的责任感，没有一种高度的敬业精神，又如何能够体现出来？他做得那么从容，那么安详，绝非是一时的“做作”，而是一种习惯。据了解，在平时工作中，吴斌安全行驶100多万公里，从未发生过一起交通事故和旅客投诉。作为一名窗口服务者，他始终把车厢作为自己的“家园”，热情服务、助人为乐。一个平时工作不负责的人，怎么会做出如此让人感动的行为！什么是英雄？吴斌以自己的行动表明了他就是一个“平民英雄”。

吴斌追悼会，殡仪馆挂起的巨型横幅上，是杭州诗人潘维所做的诗《今天，叫吴斌》。

吴斌生前的一张照片，2002年的12月，二人依偎在西湖边，一脸甜蜜。

吴斌一直是一个平凡的人，平凡的儿子，平凡的丈夫，平凡的父亲，平凡的员工。但他一生的平凡，经过那神圣的76秒钟的洗礼，最终化作了一生的伟大，英雄谱上榜上有名。什么是英雄？在平凡的岗位上做出了不平凡事的人就是英雄。这不平凡，其实就是他将敬业化成一种习惯，一种融入血液、融入灵魂的精神。正是凭靠这种精神，吴斌才得以在那样危急的时刻，爆发出超于常人的意志力和能量，用生命履行职责，用生命谱写壮歌！

逝者已去，但其精神将永驻。把敬业当作一种习惯，把敬业当成一种秉持，把敬业当成一种信念，或许是吴斌留给我们的最宝贵的财富，这也是我们当今这个时代比较稀缺的财富。正因稀缺，更显珍贵。今天，也许我们并不缺物质上的财富，我们缺什么？就是吴斌这样的人，这样一种在平凡中绽放人性光芒的平民英雄。

书籍 钱彩《说岳全传》：百姓的英雄礼赞

阅读这部篇幅适中的古典名著，已是20多年前的初中课堂上。上课看小说是被坚决禁止的行为，一旦被捉将面临罚站一周的严厉处罚。我将小说夹在课本里，并时不时抬头看看黑板，装作认真听讲的模样，果然安全运转了好几十回。然而，岳飞父子惨死风波亭的章节，让我忘记了身在课堂，竟自顾咬牙切齿起来。严厉而目光敏锐的数学老师发现了古怪，不动声色地绕到我身边，逮了个正着。由于是“累犯”，我正担心会不会因此让请家长，不料老师将小说拿起一看，便还给了我，说道：“看在岳王爷的面子上，这次就饶了你。收起来下课看，下不为例。”

这段有惊无险的遭遇令我记忆深刻，同样深刻的还有岳飞在老百

与岳飞相关的电视剧《精忠岳飞》和动画片《少年岳飞传奇》海报。

姓心目中的尊崇地位（竟令我罕见地免予处罚）。那部逃过一劫的岳麓书社并不精致的简装本我后来不大情愿地送给了父亲同事的小孩，多年之后，我又重新购买了一部中华书局校勘仔细、纸张出色的版本，珍重地放在书架上，时时擦拭，但终究提不起再读一次的兴趣。

与《三国演义》《水浒传》《东周列国志》《说唐全传》等诸多古典名著类似，《说岳全传》最初的版本来自民间的口口相传，钱彩起到的作用是编辑和润色。正因此，本书有太多荒诞的笔

在中国的民俗习惯中，岳飞是几大常见的门神之一，以百姓平安的守护者身份出现。

触，譬如因主角名飞字鹏举，便演绎出一个大鹏金翅鸟转世的传说，而秦桧、秦妻王氏等重要角色，也与之有着宗教色彩浓厚的渊源。当然，这并非《说岳全传》的首创，而在明清小说中普遍存在，即便伟大如《红楼梦》者，也对宿命论情有独钟。这恰到好处地反映了上儒下释的社会思想格局，古典小说正是挣扎于其中的声音。

本书从本质上讲也是如此，百姓的英雄礼赞并不需要掺杂太多呕心沥血的声音，甚至完全可以抽离出政治、军事乃至逻辑的实际，如岳云、韩彦直可以在牛头山下轮番穿越金人连营，那直接把赵构带出重围即可，还需要什么大军在牛头山旷日相持？同样，作者似乎把一切问题都归结于奸臣的穷凶极恶，这是典型的非黑即白思维方式，无论是对社会的反思还是对人性的考量，都没有丝毫帮助。

本书的语言水准，人物丰富程度，故事起伏设置，虽比不过《三国演义》《水浒传》，但较之《说唐全传》《杨家将》则要高明得多，也给民间留下了好些津津乐道的段子，如枪挑小梁王、岳母刺字、高宠挑滑车、击鼓战金山等等。但是所有的人物，除了岳飞和牛皋，也无非是武艺的高低和杀人的多少罢了，竟很难找出一个人与另一个人有什么大的差别，全然看不出有什么表情。

唯有百姓爱戴一个人物，才会将其敬若神明，不吝惜任何赞美。可惜的是，上下五千年，这样的人物实在是太少太少。

岳母刺字的故事在中国家喻户晓，全国多地都有岳母刺字的雕塑。

书店 通雅轩古籍书店

书店店主郭军给我讲过战国时的一个故事：“杨子见逵路而哭之。”说是，杨朱到了岔路口，不知究竟是该往南，还是往北，于是便站在路口放声大哭。

这是个话不多的男人，说得兴高采烈时，还有些微的结巴。我知道他的意思：杨朱所以大哭，是因为他要选择。在重要关头选择的痛苦，每个人都经历过，也许还不止一次。

学院路216号，通雅轩古籍书店的宝蓝色门脸不算起眼。那道玻璃大门，通往的是一个我们不再熟悉的世界。有人说，那道门一关上，就像有一只无形的手，摁下了一个静音键。这个形容很有意思：门外焦躁不已的车流证明了这点。

店里书墙抵着书墙，书们静默不语，或许他们彼此正在聊天，只是我们听不到罢了。站在其间，免不了肃然起敬：几万种传统古籍，连成的是几千年的中国思想史。

这是杭州城中唯一一个“不转型”的书店。在全球书店都纠结于路往哪儿走的时候，这里只自顾自地经营着古籍，其他内容一概不考虑。有所为，有所不为。有局限，才无限。杨朱的那个故事，其实是在说书店也曾经遇到的择路迷惘，但终究还是遵从内心：做喜欢的事，一意地钻牛角尖，无论这条路是不是走得通，毕竟是心之所好。竟然就一路平稳地走过来，坐上了国内民营古籍书店的第一把交椅。

用七年时间，通雅轩从二楼书店走到街边，又用了一年半，到了如今四百多平方米的新店：一楼陈列常规古籍，三楼则是线装古籍的天地，二楼则是被套装书包围的桌椅，方便客人看书，亦是做讲座的场

这家由网店转向实体店的『国学馆』开在杭州城西学院路上，和西湖、西溪毗邻，是目前杭州仅有的几家古籍书店之一。

地。学者杜维明曾站着在通雅轩做完一场讲座，他很高兴，因为在杭州还有这样一家经营中国传统文化的书店，保持着民间的学术氛围。

推门进来的人不多，据说一天至多不过十几人。但在此地遇见学者不是小概率事件，经常可以遇见杭州各大高校的老教授。

时有陌生客人进来转上一个小时，买本小书，同店主聊上几句，便走了。随后在网上发来书单，几万元的书款直接就打了过来，并没有什么支付中介。那种被称为“信任”的关系，听来匪夷所思。

客人还有来自世界各国的汉学家、汉学机构和收藏机构，这让终日背着手穿梭在古人堆里的店主某一刻不免产生错觉，以为回到盛唐时代，长安城聚集了各国使者，汉学流布到世界各个角落。

2015年底，通雅轩做了一个古籍书的年度销售排行。榜单上，榜首书的销量是八百本。一部用古代语言写就的书，居然有这样的销量，按照店主郭军的描述，在这个时代，“也是蛮奇特的”。

却也是蛮振奋的。

古籍还是小众，那些微言大义的古语，也因为我们的疏远而变得高傲，但我们终究不能失掉那把回到过去的钥匙——“风雅一脉，仍须赖以维持不坠”。

生命赐给我们
我们必须奉献生命
才能获得生命
——泰戈尔

古人 于谦：留清白在人间

关于于谦这样一位赢得当世和后人广泛赞誉并于道德上被一再发现的人物，《光明日报》的创始人之一白寿彝先生做出了较为中肯的评价：于谦是明代一位杰出的英雄人物。他曾以《石灰吟》为题的诗，表述自己的志向：“千锤万凿出深山，烈火焚烧若等闲；粉骨碎身全不怕，要留清白在人间。”他光明磊落的一生，正如他诗中表述的那样，名垂千古，受人敬仰。

于谦像

于谦最大的功勋显然是在土木之变后，面对胜数十万明军、斩各部百将、俘虏英宗皇帝、破居庸关汹涌而来的瓦剌大军，力排迁都南京的众议，以兵部侍郎的身份，迅速做出挽狂澜于既倒的正确反应：劝说太后另立皇帝（破了瓦剌挟帝自重的主意，稳定了政治立场）；号召各地军事武装，重构朝

于谦（1398—1457），明浙江钱塘（治今杭州）人，字廷益。永乐进士。任监察御史，河南、山西巡抚，曾平反冤狱，赈济灾荒。正统十四年（1449）土木之变后，从兵部侍郎升任尚书，拥立景帝，反对南迁。调集重兵，在北京城外击退瓦剌军。次年和议成，英宗被释还。他以和议难恃，努力整顿京营军制，创立团营，加强训练。景泰八年（1457）英宗发动夺门之变，夺回帝位。石亨等诬以谋立襄王之子，被杀。籍没时家无余资。都督同知陈逵收埋遗体。后由婿朱骥葬于杭州。成化初追复原官。万历间谥忠肃，有《于忠肃集》。《明史》称赞其『忠心义烈，与日月争光』。

廷（选拔能征惯战、服从指挥的将领，统一了事权）；迅速调入通州存粮（确保了战备物资，安定了人心）。这样的举措即便换作内阁首辅也难以保证实施，但他就凭着一颗清白的拳拳之心，当仁不让，全身奉献，终成不可思议的大功。

虽然历史不容假设，但有些东西一目了然：倘若没有于谦的挺身而出，大概靖康之耻会再度上演，数千万中原人势必遭受战乱和屠杀的厄运。数年之间，长江以北恐怕就不再姓朱了，明朝哪怕不亡，也将成为南宋那样偏居一隅的小朝廷，随时面临像崖山惨剧那样的危机。

杭州西湖边的于谦祠，门口的楹联上书：两袖清风昭万世；一轮明月耀三台。

就是这样一位对朱明王朝有再生之力的大功臣，却在不久之后被污蔑谋反，惨遭抄家和杀戮，他本有无数的机会避免厄运，却又因那颗清白的拳拳之心，清介耿直，不事逃避，终于付出了最沉重的代价，令人敬佩，也令人唏嘘。具有讽刺意味的是，正是那场极不名誉的抄家告诉了世人，这位曾经实际

于谦祠正堂中的于谦像，其背后是他的著名诗作《石灰吟》。

掌握国家大权的人物，除了若干生活必需品之外竟家无余财，他的日子甚或比普通百姓人家还要过得清贫。

他确然将全部奉献给了他的君王，留下了清白在人间，身后得以在绝美的西子湖畔与岳飞比邻，可谓求仁得仁。然而，不止一人带着惭愧和悲愤提及，每当杭州的旅游黄金季节来临时，西湖游人如织，与白素贞有关的断桥上、雷峰塔前几已无落脚之地，能被挤得掉进水里；于谦祠堂却门可罗雀，无人问津。这与历史上曾多次出现过的万人祭祀盛况对比，可谓判若天渊。虽然不能就此武断地认为当代道德水准退步严重，起码也能从侧面反映出一些问题。

今人 冯坚强：坚强的是爱心

冯坚强是个状元郎。

说他是“郎”其实有些不贴切，毕竟他已经年过花甲。但看上去仍旧精神矍铄，神采奕奕，一点儿也不像一个老人。

出生于1954年的冯坚强曾三次荣获全国无偿献血奉献奖，累计献血共计158次，总量超过8万毫升，相当于17个成年人全身的血量。不论是献血次数还是总量，通观整个浙江省，他都是当之无愧的“状元”。

早在1999年，冯坚强就开始了献血生涯，“那时候我对献血认识不多，刚开始也有点紧张害怕，但献血后，我感觉身体没有任何不舒服，便打消了顾虑”。后来的日子里，他基本保持每个月献血一次，从开始的200毫升逐渐增加到400毫升。自2006年得知献成分血效果更好之后，他便逐渐开始改献成分血，几乎每个月都会献一两次，遇到特殊情况时，甚至献三次之多，月复一月，一直坚持到 2015 年。

成分血，顾名思义，就是血液中的某一成分。目前最常见的是捐献血小板。众所周知，人体血液是由红细胞、白细胞、血小板、血浆等成分组成。与献全血不同的是，成分献血是在捐献者献血的同时，让血液经过严格消毒的、一次性使用的密闭管道，通过血液分离机分离采集出所需要的某一种成分，然后再将其他血液成分回输给捐献者。因此，成分献血所用的时间要长于献全血，通常每献 1 个单位血小板，需要 40~60 分钟，对献血者来说，需要付出更多的时间和精力。

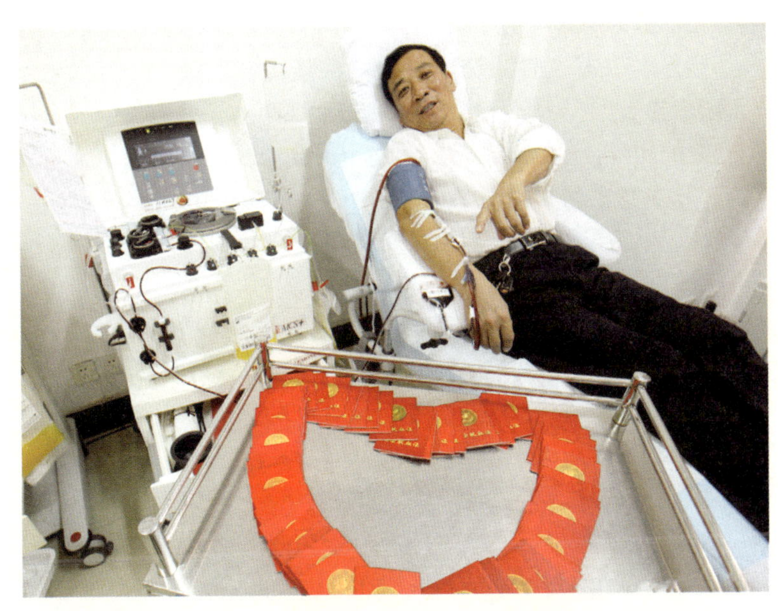

『献血达人』冯坚强和他的献血证，他的献血行为因为年龄限制而停止，但爱心不止。

2014年8月，冯坚强年满60岁，按照我国2012年实施的《献血者健康检查要求》，他已经不能再献血。但他对献血仍旧满怀热情，申请“破格”。“献血救人是好事，是每个公民都应尽的义务。只要身体允许，我想一直献下去。在美国、日本、英国等国家，可以献血到65岁。”他向浙江省献血管理中心提出延期的申请，经过一系列身体和血液的检查，最终得到批准，同意将他的献血“年龄”推后半年。这半年，使他向自己的偶像、56年里献血984次、被称为“拥有金手臂的男人”的澳大利亚人詹姆斯·哈里森靠近了一步——虽然只是一小步，但不论对他的“追星”之心，还是奉献之心，都是一个很大的安慰。

2015年3月9日，是他最后一次献血，那张“无偿献血证”，为他这16年的献血生涯画上了一个完美的句号，献血的次数，最终定格在158。

“原本我的目标是献到65岁，献血量超过10万毫升，可惜没有做到。”冯坚强说，“不过也没关系，虽然不能献血了，但我可以向身边的人讲述我这16年来的经历和感受，带动更多的人来无偿献血，救助有需要的人。”

这十多年来，老冯用自己的鲜血救助过无数的人。

2012年2月，一个22个月大的幼儿得了白血病，急需A型血小板，孩子的家人在街头寻求路人帮忙。冯坚强看到报道后，当即报名献血，为孩子的生命增续了希望和能量。

某天凌晨三点，杭州一名产妇难产大出血，而血液中心的A型血已经告罄，仍在睡梦中的冯坚强接到血液中心的求救电话，打车赶到医院，为产妇的生命延续贡献了他的血液。这是救命的血！这样的血从冯坚强生命中一次次输出，一次次输入到一个个陌生的生命中，这也成了他最珍贵的记忆。

为方便帮助急需血液的患者，他主动在杭州市中心血库留下自己的电话号码，并保证24小时开机，只要有求救电话，他都会第一时间赶到献血现场，不论是浙江省血液中心，还是杭州市及区县血液中心，甚至周边绍兴地区的血液中心，都时常出现他的身影。他就像一个“移动血库”，只要哪里需要，他都会义无反顾地赶去，伸出手臂。

不要以为献血只是伸出手臂这一个动作，为了给患者输送优质的血液，尤其是成分血，老冯对自己进行了“从里到外”全方位的“改造”。本来他好酒，酒量很好，几乎天天都要喝上几杯。为了献血，他把酒戒了，并科学控制饮食，尽量吃得清淡，不让脂肪上身。以前他从不锻炼身体，为了献血，他天天健身，因为健康的身体是献血的本钱。生活中遇到烦恼事，他想到自己要献血，一切烦恼都化为乌有，因为心态健康，身体才会健康。总之，为了献血，献优质的血，献更多的血，老冯“焕然一新”了！

“每当挽起袖子，看到鲜血从我体内流出的那一刻，我就感觉，人活着不仅仅是为了自己，能够救助他人的生命，让我活得更有价值。”冯坚强说，“献血是件小事，却为我收获了最大的喜悦。”

的确，那流淌在输送管道里的红色液体，是汩汩不息的奉献精神，是来自古老神话的妙药灵丹，更是一个人的价值，一个人的生命，一个人对另一个人生命的敬畏和关怀，一个人对另一个人最真诚、最温暖、最伟大的爱。

退休之前，冯坚强是个普通的超市仓库保管员，多少年一直风雨无阻坚持献血的他，因为献血的频率和剂量，遭受过周围很多人的质疑，有人说他献血是为了出名，有人将他献血妖魔化，说他献血已经上瘾，“像有人抽烟喝酒一样，已经戒不掉了”。

对于这些话，冯坚强非但不予理会，还耐心地跟人们讲献血的意义，并解答他们关于献血的认识误区。在冯坚强的劝说下，很多人摒除了关于献血的偏见和误解，投身到无偿献血的行列中来。

他的妻子就是其中一员。

他的妻子也曾和很多人一样，对献血存在误解，一度很担心他的身体。冯坚强反复地开导妻子，跟她讲各种大道理、小常识，领她去现场看，带她和被他献过血的病人交流。后来妻子成为冯坚强献血行动最坚定的支持者，甚至他们的女儿也开始向父母看齐，一起加入到献血的队伍里。

冯坚强经常这样说：“献血无损身体，我们活着也不仅仅是为了自己，如果我们能帮助到他人而让自己活得更有意义，这样的事何乐而不为？”其实这就像哈代曾经说过的：人生意义的大小不在乎外界的变迁，而在乎内心的经验。

冯坚强无疑有着丰饶的内心世界，这个世界里洋溢着对他人的爱！

冯坚强的爱心之路始于献血，但没有止于献血。2010 年，他说服家人，跟政府有关器官捐献的部门取得联系，办理了眼角膜和遗体的捐献手续。

在中国的传统文化里，遗体的重要性不言而喻。甚至放眼世界范围，器官捐献都存在一个伦理困境。对一个普通人而言，捐献器官更是需要极大的勇气和爱心。冯坚强顶着各种压力，一意孤行，只因为他认为这是一件有意义的事情，因为他捐献的是对他人的爱。

“传播爱是世间最有意义的事。”老冯说，“我希望我的生命能够以另一种方式延续，把爱心留在人间。”他更希望自己的爱心能够一直延续下去，漫延开来，有更多的人投入到献爱心的事业中来，“就像歌里唱的，只要人人都献出一点爱，世界会变成美好的人间。”

爱在心间，美好在身边。对于需要帮助的邻居、同事、素不相识的特困生，以及社会上的残疾人，冯坚强都会义无反顾地伸出援助之手。十几年来，他累计捐献的钱款和财物已超过 10 万元。对于一个普通工人来说，10 万元无疑是“巨款”。这些钱都是他一点点省下来的，也是他辛辛苦苦一点点挣来的。退休后的冯坚强找了一份门卫工作，正是靠这笔“固定收入”，他和另一位爱心人士救助谭某一家坚持长达 10 年之久。

“有些人说我傻，自己的经济不宽裕，而且给人家那点儿钱也起不到多大的作用。但我并不这么认为。”冯坚强说，“比如谭家，他父亲患肠癌，妻子双目失明，而他自己膝盖也有问题，全家人都无法承受繁重的农活，几乎没有生活来源，还要供两个女儿读书。对于这样的家庭来说，几千块钱起码能让他们吃得好一点儿。我退休后，收入来源少了，也曾想过放弃，但每次来到谭家，我都不忍心也不舍得放弃，所以我去当门卫，挣外快，希望就这样一直尽力帮下去。”

从伸出手臂献血开始，到捐献器官，再到捐资助善，被老冯帮助过的人越来越多，夸奖他的人也越来越多，“献血状元”“移动血库”“活雷锋”“奉献坚强者”等各种誉称都向他扑来。老冯总是一笑了之，他说自己是个平头百姓，普通人，因为普通才需要做一些有意义的事情。什么事是有意义的？从良，向善，救死扶伤，帮贫扶穷——在这条路上，老冯确实是个“坚强者”，从点滴做起，持之以恒，坚强不屈，以巨大的耐心和坚持，像一个铁血英雄，越战越勇。

老冯的坚强，不是拼死，而是拼活，拼爱，让生命在日常中绽放出由爱心编织的美丽之花。在老冯眼里，奉献就是一种责任，一份美丽。老冯有一句口头禅：生命因帮助他人而更有价值。随着社会越来越浮躁，人们的欲望也越来越多，老冯的选择，老冯的坚持，老冯的异样人生，自有一种异样的美丽。

人生有许多美好的东西，这个时代也有很多伟大的东西，但最美好、最伟大的东西肯定不是用物质打造的，而是我们用美丽的心灵创造的，像老冯一样！

书籍 王旭烽《茶人三部曲》：用文字奉献杭州之美

与其他层面的文化内容相比，杭州似乎从来都不是一座备受小说家青睐或瞩目的城市，最遗憾之处莫过于它几乎在中国古典长篇小说四大名著中缺席，即便有所谓西湖小说的说法，事实上也并未与城市牢牢结合在一起，而更多地偏向了学术范畴。到了通俗小说大行其道的今天，我们也很难找到一部真正把杭州推到聚光灯下的作品，直到《茶人三部曲》出现。

比起专门描写杭城的散文或报告文学，《茶人三部曲》虽是小说，却丝毫不逊色，甚至有过之而无不及。这实在是一部耽于审美的作品，杭州的美丽铺展在文字间，雷峰问情，灵隐悟道，品龙井烟云，看三竺空蒙，沁梅坞春早，听虎跑梦泉……都毫无隔阂与迟滞地

西湖边龙井附近晨曦里的茶园。

站在了我们眼前，美如茶一般清白。而西湖更是书中至关重要的灵魂所在。透过作家的笔，谁都能感受到她对这座城市深沉而平静的爱，就像少女与恋人，更像孩子与母亲。毫无疑问，那是一种被镌刻在 DNA 里的情感，时间消融不掉，空间淡化不掉，终于超越了哲学、理想和生命个体而存在——一如小说中杭家诸人，无论尘世如何变幻，风雨云雾，电闪雷鸣。杭州的美，杭州人的智慧、浪漫、勇敢、有序和乐观，所有的品质都在那一缕茶香中被断言，脉络清晰而逻辑合理，清楚地诠释了一个具有若干层面复杂性的概念的意义。

作家王旭烽于茶道浸润深远，曲径通幽，当代名家似无第二人可及。本书掺入了巨大体量的茶

如今的杭州，茶农们仍旧保持着手工采茶的传统。

文化知识，完全可以看作一部茶文化的修养读本，用她本人的话来说，即“中国茶文化是中国文化不可分割的一部分，中国茶人是中国茶文化精神的文化载体，也是中国传统文化精神的载体”。是故，她笔下的杭家在百余年历史长河中所有的兴衰起伏，大可以理解为植根于杭州、集中华茶文化精神之大成者，用渐进的方法，以关乎人类的生存和发展的担当态度，将传统与时俱进，发扬光大。尤其是《南方有嘉木》中的杭天醉，这位并没有杭家血统的杭家继承人，这位“具有道家倾向的封建文人的全部丰富性与复杂性的末世的文人”，他才华横溢的成功和逃遁空门的失败，仿佛坐在保俶塔下悠然独品龙井，只一口便是满满的清香和苦涩。

毫无疑问，当你真正读懂了《茶人三部曲》，也就明白了杭州文化雅致、细腻而余韵不尽的缘由。

书店 麦家理想谷

位于西溪创意产业园的麦家理想谷环境清幽，花香绿植掩映，品一杯淡雅清茶或浓郁咖啡，看一本自己心水的书，可在书香、茶香和花香之间享受简单的幸福。

九岁的小偷书贼莉赛尔跟着镇长夫人走过去，她踩到一块松动的地板，嘎吱嘎吱地响起来，吓得她几乎停下脚步。她来到一扇栗色木门前……

你准备好了吗？

在麦家理想谷，马克斯·苏萨克的《偷书贼》藏身在某个角落。就像是莉赛尔走进那扇栗色木门后所见到的景象——这里到处都是书：黑色的、红色的、灰色的、绿色的，各种颜色和装帧，琳琅满目，墨香阵阵。

读书就是回家，门口的指示牌这么说，红粉笔写的。

熟门熟路的年轻人推门进“理想谷”，脱鞋，或者戴鞋套，然后径直在遍布四周的书架上挑上三两本，找个舒服的角落坐下，如同自家书房。六千多本书，都是麦家选的，大多为文学类，是作家的口味。

看得累了，熟客会出门转转。称麦家理想谷是此地含氧量最高的“书店 + 图书馆”，分毫不差。置身于西溪湿地，这座城市的生态中心，麦家理想谷外的景致野得相当坦率：树们随便地把一半根系浸在水里，鸟在芦苇丛中有一搭没一搭地聊天。

二楼的两个客房，是麦家理想谷的另一面：植入写作营。被选中的年轻写作者，可以待上两个月，在这里安静地写他们的故事，麦家理想谷将为他们提供免费食宿，却一无所求，只要你有理想，有写作计划。这里，有故事。关起门来，可以孤独地写作；打开门，可以同志趣相投的人聊天。

当然还有机会同麦家和到访此地的作家们聊天。

2014 年底的一天，企鹅兰登董事局主席马金森造访麦家理想谷。马金森对于一个中国作家愿意担当起这样一件关于书和理想的事，很有兴趣，留下了十几只企鹅。当然是画的，画外音也许是：如果说你写出好书，“企鹅”就是出版好书的。

“企鹅经典”文库收入麦家的《解密》，开启了这本书被译成几十种文字的国际化历程，随之而来的，麦家理想谷的访客名单也国际化，除了此前常来常往的莫言、苏童、阿来、李敬泽等，又多了 V.S. 奈保尔、里卡多·门德斯、

李欧梵、闻人悦阅，翻译家米欧敏、克劳德·巴彦等。都是一线大牌作家、译者，还有诸多文化人和学者。

作家书店，就是有这样的福利。

也许还有未来的大牌作家们。

咖啡和茶的香互相干扰，却照旧好闻，并且是免费的。当然，你得自己动手，因为没有服务员。

不过在 2015 年底，麦家理想谷做了个改版：书和咖啡一切免费照旧，但若你囊中不羞涩，不差钱，有意留下点随喜，也欢迎——捐款会定期寄到贫困地区的学子手上。这是 2015 年某次活动触发的灵感：年满 18 岁的年轻人麦恩，为了给自己做一份成人礼，在麦家理想谷发起一场作家签名本义卖活动，几天里为四川省阿坝州教育基金会筹到 10 万元善款。那是四川“5 · 12”大地震的重灾区。这让麦家理想谷意识到，除了文学讲座，换书接力，艺术沙龙，还可以做更多的事。

麦家理想谷开业那天，苏童说过一句话：以文学之名开启理想之行。也许以文学之名，开启的多是文学之行，并且收获的也许多是虚无。但无论如何，“书是最大的”，这是莫言留在麦家理想谷门前的一句话。

栗色木门后，小偷书贼出神地望着书们，笑了。她聆听着指甲划过每本书书脊的声音，仿佛听到了天外之音。（郭琳 供稿）

赵惠文王十六年
廉颇为赵将伐齐
大破之
取阳晋
拜为上卿
以勇气闻于诸侯

——《史记·廉颇蔺相如列传》

古人 张煌言：令敌人尊崇的忠勇图腾

张煌言殉国成仁自非历史孤案，甚或在他同时代的重要将领中，也不比史可法更加受人瞩目，诸多后世学者甚至为其研究专著而踌躇犯难。但这些并不影响他在杭城百姓心中的地位，在那里，人们会因西湖有幸埋忠骨感到由衷欣慰，英雄的事迹符合这片土地一以贯之的道德审美，之于城市文化资本，亦有着不可替代的符号意义，一如弥漫在空气中那惯常的龙井茶香。

我在南屏山荔枝峰下的张煌言墓祠见到了这位南明将军的彩塑雕像，显然，雕塑者参考了那幅最为常见的直裰士巾服图像，但本作品少了几分读书人的书卷气，棱角愈加分明，眼神也变得坚毅、苍凉。也许，这具有儒将典型性不苟言笑

张煌言（1620—1664），南明大臣。字玄著，号苍水，浙江鄞县（今宁波市鄞州区）人。崇祯举人。弘光元年（1645）与钱肃乐等起兵抗清，奉鲁王监国，据守浙东山地和沿海一带。与张名振多次出师，力图恢复。官至兵部侍郎。永历十三年（1659）与郑成功合兵，进入长江，围攻南京。他别率一军到芜湖，乘胜攻下四府、三州、二十四县。终因郑成功兵败，孤军无援而退。后鲁王政权覆灭，他又派人与荆襄十三家农民军联系抗清。至清康熙三年（1664），因见大势已去，遂解散余部，隐居南田的悬嶴岛（今浙江象山南），不久被俘，被害于杭州。所作诗文，慷慨激昂。有《张苍水集》。

张苍水像

的表情带出了后人对世事困局的认知：一个需要巨大投入方可维系的艰难局面，会因为那些投身其中的人本身的短视、自利而趋于崩溃；一个人的决心，无力对抗大多数人的投机。南明在异常残酷的战争对抗中，尚未能赢得军事上任何可圈可点的胜利，却已于鲁王、桂王、唐王几股力量自杀般的派系斗争中丧失了所有的希望。以睿智著称的张煌言眼看名过于实的郑成功败走南京，不可能没有预见到未来数年间抗清事业行将土崩瓦解的结局，从那一刻起，他唯有抛弃感情上多余的一切，拒绝苟延海外的可能，紧握视死如归的勇气，用自己的生命去履行一位将军为朝廷为人民鞠躬尽瘁死而后已的责任，留下滚烫的英雄情怀。

英雄殉难之后百年，他以死守卫的江山早已物是人非，爱新觉罗氏的统治历经康雍乾三代图治后，焕发出令众多儒学者着迷的光彩。然而敏感的弘历深知帝国“太平盛世”水面下暗涌万端的凶险，他亟须寻找新鲜的道德符号来缓解经济问题所造成的人心危机。当年殊死疆场不共戴天的敌人，长久以来纷纷被奉作“反清复明”的图腾而成为帝国

张苍水祠堂掩映在青山绿水间，图为张苍水祠堂正殿。

浙江宁波张苍水纪念馆的雕像，张公一身官服，正气凛然。

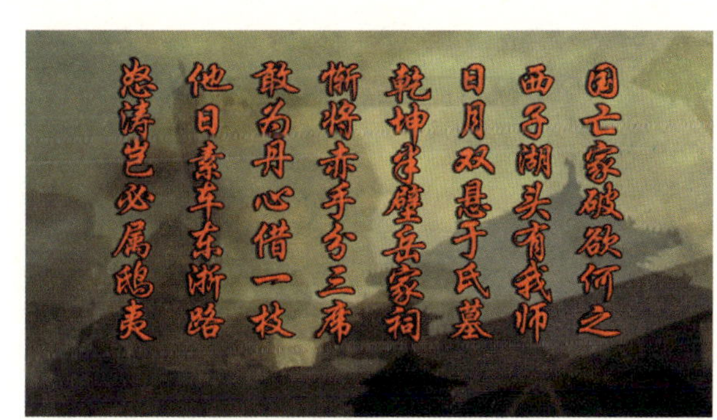

张煌言遭杀害前所作的《绝命诗》，图片为某部张苍水纪录片截图。

无法摆脱的附骨之疽。既然如此，弘历索性不做不休，以朝廷的名义和道德的尺准，将史可法、张煌言们延入庙堂，垂其大名。他的行为并非一个值得深究的问题，其效果之佳似乎也出乎他的预期。即便是最为死心塌地的前明遗老，也会对英雄“忠烈”的谥号感到十分满意。不少人渐渐淡忘了仇恨，开始对他们所生活的朝代产生从未有过的热情，张煌言同他的不朽，以更加公开和普遍的方式，激励着整个民族的自尊和勇气，并在每一个危急存亡之时润“心”于无声。

今人 吴菊萍：妈妈的定语叫“最美”

吴菊萍，像多数江南女子一样，个儿不大，脸蛋圆圆的，肤色嫩嫩的，眸子亮亮的，看上去有点小美小美。1980年，她出生在浙江嘉兴市王江泾镇，鱼米之乡，水色连天，稻花香。水多是软水，柔韧，缓缓地流，波澜不惊，长流不息。她爱家乡，但像大多数年轻人一样，也向往外面的世界。外面的世界很无奈，外面的世界很精彩。二十三岁，她怀揣梦想，孤身一人来杭州闯天下。几经磨炼，几番甘苦，她的生命里开始逐渐发出光芒，事业有平台，情感有寄托。阿里巴巴是她的大家庭，陈建国是她丈夫，小家庭的另一半。婚后不久，家庭又添新丁，一个小男孩成了她生命中的最爱。一家三口，有天有地，其乐融融。

她是那么平凡，那么普通，不是官二代，不是富二代，也不是名门之后，长得不沉鱼落雁，活得也不争强好胜。她的性情总体是内敛柔软的，有点腼腆，生人面前有些害羞，说话轻声细语，笑不露齿。但目光里有一份机灵和执着，有憧憬，有闯劲，有金的炽热的一面。即便如此，她还是普通的，平常的，走在大街上缺乏回头率；走进单位是

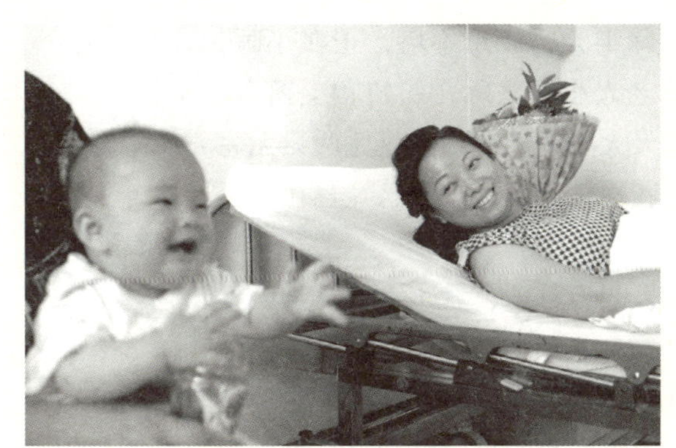

图为2012年的夏天，手臂损伤未愈的『最美妈妈』吴菊萍一脸疼爱地看着自己救下的孩子妞妞。

一名普通员工，做销售，做客服，顾客是上帝；回到家里洗菜烧饭带孩子，一天总是忙忙碌碌，时间不知道去哪儿了。

但有一个时间她知道在哪里，大家也都知道。这个时间像城市广场上的一座塑像一样被固定下来，被提拎出来，被人们的目光和聚光灯照得通体发亮。这是2011年7月2日的午间时分，杭州滨江区白金海岸小区，有人突然在高声呼喊：

“危险！危险！有个小孩趴在窗台上啦！”

这是一个才两岁半的小女孩，叫妞妞，家住在十楼上。这天她爸爸妈妈都像往日一样早早出门，把孩子留给奶奶。奶奶年岁已大，忙碌半天，疲惫不堪，正在小睡。正是趁着老人小睡之际，妞妞爬上窗台，制造了惊天大险情。此刻她仅凭两只无力的小手抓着栏杆，两只小脚已经悬在窗台上，眼看摇摇欲坠。

许多人闻声赶来，看了这番情景无不心惊肉跳！

有几个人开始朝孩子大喊："危险！别动！"但这么小的孩子哪知道危险，她在人们的呼喊声中反而是大胆地动起来，两只小脚开始往下滑，险情变得更险，悲剧随时都可能发生！

两个保安迅速赶到，一看情况，傻了，这怎么救？没有救人工具且不说，关键是没有营救时间，等你跑到十楼，悲剧可能已经发生，因为孩子随时都可能松手！焦急把两个保安吓得手足无措，团团转，找不到北。

住在九楼的住户离孩子最近，大家把希望寄托在他身上。可是上楼进不了门，强行破门而入只会惊吓孩子，行不通。他想了一个招，从自己家窗台搭梯子上去，或许能接住小孩。家里正好有一架梯子，他架在窗台上，结果梯子太短，够不着！他不甘心，竭尽全力伸展身体，用双手擎着梯子，艰难地将梯子向十楼阳台一寸寸地上升，希望孩子悬空的双脚能踩住梯子。

这一刻，孩子的生命全系在这架梯子上。

这一刻，梯子的每一寸移动都让现场每一个人心头发紧。

可惜在梯子快伸到妞妞脚下的时候，她双手再也撑不住，终是功亏一篑！随着众人一声惊呼，妞妞被自身的重力抛入空中，直线下落，那架刚刚伸过来的梯子，虽然碰到她，但接不住，也不可能接住，只是略微改变了一下她跌落的姿势。妞妞在加速度中坠落，眼看着一个生命即将粉身碎骨！

一名网友说："当时我觉得自己的心突然被重重砸了一下，跟着小女孩一个劲地往下掉！嘴巴张得大大的，脑子里面，一片空白。"

另一名网友说："当时我心里只有一个声音，完了！蜘蛛侠也救不了她。"

然而接下来发生的一幕，让在场所有的人都目瞪口呆。一个穿着小格子连衣裙的女人，娇小玲珑的身影像一个邻家女儿，在大家的一片惊叫声中，她丝毫没有犹豫，用力踢掉那双碍事的高跟鞋，赤着双脚，几个箭步奔至小女孩即将掉落的方位，勇敢地张开双臂！

所有重大的事情都是超越时间的，没有人记得是怎么回事，人们只看见结果，就是这个邻家女儿，她勇敢张开的双臂，让濒临粉身碎骨的小女孩超越了死亡。等人们反应过来时，妞妞躺在小格子连衣裙里，头枕着这个邻家女儿的左手臂——记住，正是这只手臂创造了奇迹，让一个必死无疑的幼小生命起死回生。

事后人们都知道，这个穿小格子连衣裙的邻家女儿就是吴菊萍。

吴菊萍救人的事迅速在网上传开。

一个名叫“天青”的网友，听说这件事后，用他所学的知识计算出吴菊萍出手迎接妞妞的一瞬间，其手臂承受的重量：一个两岁半的孩子，我们假设她体重是 30 斤，一层楼高算 3 米，孩子从十层楼掉落，掉落的高度是 27 米。吴接住孩子的时候应该离地面约 1.5 米，那么妞妞掉落的高度为 25.5 米。根据物理公式 $V^2=2gs$，妞妞砸到吴手臂上时的瞬间速度约为 22.36 米 / 秒。再假定，吴手臂与孩子的接触时间是 0.1 秒，那么根据公式 $Ft=mv$，孩子触到吴手臂时其产生的冲击力为 3354 牛顿，即吴接住的是一个 335.4 公斤的重物。

这是什么概念？即使吴菊萍的手臂是钢筋也会断掉！可怕吧。更可怕的是，如果她当时站位不对，妞妞砸到其头颈部位，很可能两人都要付出生命的代价。这就是说，她跑过去接妞妞是冒着生命危险的，而且危险度极高。即使她站位恰到好处，即使险情减到最低，巨大的冲力照样要她付出沉重的代价。事实也是如此，吴菊萍勇敢伸出的手臂，在接住一个幼小生命的同时，却把自己的生命推到悬崖边。医生表示，幸亏当时吴菊萍跌倒在草地上，否则后果不堪设想。即使跌倒在草地上，巨大的冲力也把她推到鬼门关前：她深度昏迷，病情十分危急，被迅速送到最近的医院抢救。

吴菊萍醒过来时，已经躺在武警医院里。X光片显示：她左手臂的尺桡骨已断成三截，有一截骨头断端戳穿皮肤，伤势非常严重，需要立即手术。几经会诊，最后被转到富阳中医骨伤科医院治疗。即使在最好的医院，由最好的医生主治，吴菊萍依然要和病痛搏斗几个月，才能恢复正常的生活。而有些东西是永远无法恢复的，比如她幼小的儿子，当时才七个月大，还在哺乳期，但母亲的伤势已经无法为他哺乳，只好提前断奶，托付给家中老人。这或许是吴菊萍心里的一大遗憾，她没有在孩子最需要她时尽到一个母亲应该尽的职责。

其实也没什么好遗憾的，孩子将得到的更多。不仅是她的孩子，天下所有人的孩子都从这位年轻妈妈身上得到了感动，受到了教养，看到了勇敢和真情。吴菊萍救人的事迹被媒体报道后，迅速在网络上热传，网友称她为“最美妈妈”。那一年，网上最热门的词非“最美妈妈”不可，对吴菊萍的关注出现了一波未平一波又起的局面，让人不可思议，又尽在情理中。为什么？答案也许就在吴菊萍的普通和朴实中。确实，吴菊萍是个很普通的人，越是普通，越发感动人，因为她代表的是大众，她把大众对全社会真善美的向往之情激发出来了。其次，吴菊萍的朴实、真诚、低调，这种品质在网络时代尤其显得珍贵。这个时代大家都在炒作，以一当十，没事找事，而吴菊萍拒绝被炒作、被拔高。面对铺天盖地的宣传和报道，吴菊萍和家人始终保持着低调，问到底了她也只是淡然地说：“这是一个母亲的本能，是每一个母亲都会做的事情。”当一个人低到泥土里时，当一个人真诚到骨子里时，大地和血液会和她一起脉动。网络时代，虚假是最大的病毒，所以真诚是最具有传播力的。

一起偶然事件，在事件本身的伟大和吴菊萍本人的朴实中，被必然地抽丝剥茧，持续发酵，不仅波及全国，甚至引起全世界网友的聚焦。不同肤色的人们，都开始密切关注这件事，其热度已经远远超出事件本身，跨越国界，从一个单纯的救人举动，辐射为一个全世界网民共同关注和热议的话题。话题的核心离不开两个问题：我们生活的这个时代里究竟缺少了什么？我们的精神世界之中究竟最需要补充些什么？至此，吴菊萍已经不再是个普通母亲，也不仅仅是个救人的义士，而是社会的一次问题普查，人心的一次自我丈量。

在人心面前，世界是大同的，美联社、法新社、《纽约邮报》、英国《每日邮报》和《每日电讯报》、加拿大广播公司、阿联酋《国家报》、新西兰《英文先驱报》等西方各大媒体都对吴菊萍这位“最美妈妈”进行详细的报道。甚至有美国网民提议，将2012年美国职业棒球大联盟“金手套奖”颁给这位中国母亲——因为她这一接，将所有职业棒球运动员都比了下去。

诚然，时代在变。这是个喧嚣的时

代，鱼龙混杂，传统的伦理道德、是非等标准和审美态度遭遇了也许是空前的挑战和侵蚀，人们内心因之而产生的混乱可能也是空前的。著名文学评论家谢有顺，在一次文学座谈会上谈道，这个时代重变道，人们心里有太多破坏的欲望，而少了坚守。这不能不说是一种缺憾。他认为，人类的精神应该是有常道的，就像数学上有常数一样，有些东西，比如我们对友爱、仁慈、责任、善良、孝道等品质的向往和传承是不能变的，变了，人世就会失去基本的坐标和底线，乱了套，像航船失去罗盘，蝙蝠切除鼻状叶，堪堪有舟覆人亡、直撞南墙之虞。

吴菊萍为什么会感动全世界，秘密或许就在这里：在大家都变的时候她没有变，她捍卫了世道人心，她守住了人类必须守的底线，她激发了人们对社会问题、人生价值的思考，她彰显了人们对真善美的向往和追求。什么是伟人？在合适的时候做了合适的事。当众人都是英雄时，英雄也是凡人。这个时代消解英雄和崇高，吴菊萍的意义和价值恰在于此：在英雄成为笑柄，在崇高成为迂腐，在世道人心面临考验时，她勇敢地站出来，守护了一份人人向往的美丽；她接住的不仅仅是一个小生命，更是人人渴望的一颗大美心灵。

书籍 周密《武林旧事》：真实的古杭州

无疑，南宋是古杭州最引人入胜的时代，迄至今日，杭州文化中依然蕴含着数不清的南宋密码，地名、习俗、美食乃至人们的智慧和精神，都与那“山外青山楼外楼”的临安记忆互相缱绻，时空的两端勾连千丝万缕，彼此密不可分。

那时的杭州实在太过优雅和精致，仿佛一位倾国倾城的绝世佳人，虽如流星般极速划过历史的天空，但其留下的历久弥新的情怀、精彩纷呈的浮华和臻于极致的丰裕，令后人动辄凭吊追忆，动辄激动不已，如同在怀念那遥远的自己失落的身份和玫瑰。

牢牢抓住那个时代韵味的作品，首推《马可·波罗游记》和《武林旧事》，与拿着万花筒看新鲜，仿佛抽象画的前者相比，周密笔下的古杭州就是一卷“身在此山中”的曼妙工笔。在他之前，几乎所有正襟危坐的史书，传递出来的都是庙堂之

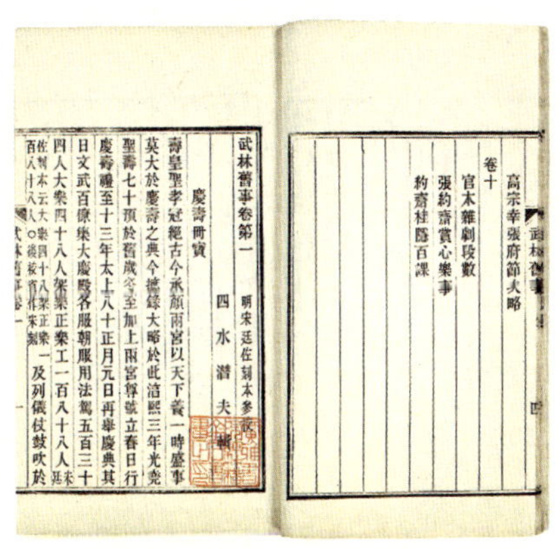

高宗幸張府節次略
卷十
官本雜劇段數
張約齋賞心樂事
約齋桂隱百課

武林舊事卷第一　明宋廷佐刻本參校
四水潛夫輯
慶壽冊寶
壽皇聖孝冠絕古今承顏兩宮以天下養一時盛事莫大於慶壽之典今摭錄大略於此淳熙三年光堯聖壽七十預於舊歲冬至加上兩宮尊號立春日行慶壽禮至十三年太上八十正月元日再舉慶典其日文武百僚集大慶殿各服朝服用法駕五百三十四人大樂四十八人架樂正樂工一百八十八人宋廷佐刻本云大樂四十八架正樂一百八十八人○後按宋制及列儀仗鼓吹於
武林舊事卷一

《武林旧事》书影

高，儒道之深，冷言冷面，连故事都是冷的。《武林旧事》似乎第一次把镜头对准了市井生活，对准了一张张平凡而鲜活的面孔，说他们说的话，记录他们做的事。我们不难理解周密何以如此行文，在本书创作之前，苟延残喘的南宋终于走到了时间的尽头，陆秀夫崖山一跳，从此江山幻灭，风月委尘，取而代之的，乃是蒙古铁蹄声哒哒，寒光冷刃，白骨露野。周密青灯永夜，追忆旧梦华年，笔端繁花似锦，内心如泣如诉，似此情状，怎不令人想到一个伟大的名字：曹雪芹。

于是才有了今天，我们透过一纸墨香，通往那令人向往的古杭州，在那时，人们会在浴佛节来到西湖边作放生会，“舟楫甚盛”；在那时，人们会在禁中避暑，看“长松修竹，浓翠蔽日，层峦奇岫，静窈萦深，寒瀑飞空，下注大池”，并种上“茉莉、

明代的武林门，是当时杭州城最热闹的所在。左图为明代画作《北关夜市图》，描绘了杭州武林门夜市的热闹景象，后又出土了背面刻有《北关夜市图》的万历通宝（下图），可见武林门在当时的影响。

素馨、建兰、麝香藤、朱槿、玉桂、红蕉、阇婆、薝葡等南花数百盆于广庭，鼓以风轮，清芬满殿”；会在炎炎夏日选择新荔枝、军庭李、杨梅、秀莲、新藕、蜜筒、甜瓜、椒核、枇杷、紫菱、碧芡、林檎、金桃、木瓜、豆儿水、荔枝膏、金橘、水团等水果食用；会在中秋“放‘一点红’羊皮小水灯数十万盏，浮满水面，烂如繁星”；在那时，会像今天一样观钱塘江潮，那时候善于水性的青年，往往“披发文身，手持十幅大彩旗，争先鼓勇，溯迎而上，出没于鲸波万仞中，腾身百变，而旗尾略不沾湿，以此夸能”——而这样的情景，在今日恐怕

京杭大运河边的武林门码头。杭州如今仍有航行在运河上的水上公交。

会招致保安的围追堵截；会在冬至之日祭祀英雄岳飞；会做腊八粥，赏苏灯，金玉饰新年。平常人家的食谱有“鹌鹑馉饳儿、肝脏桓子、香药灌肺、灌肠、猪胰胡饼、羊脂韭饼、窝丝姜豉、划子、科斗细粉、杂煠、金锭裹蒸……糕糜、旋炙犯儿、八糙鹅鸭……”，大街上则充斥着“玉面狸、鹿肉、糟决明、糟蟹、糟羊蹄、酒蛤蜊、柔鱼”，“章举蛎肉、龟脚锁管、蜜丁脆螺、鲎酱法虾”，烹饪各有名目，勾栏酒肆十步不同滋味……

这是怎样的目不暇接和心满意足？也许你爱杭州，有一百个掷地有声的理由，但你不妨试试，乘上《武林旧事》的翅膀，到千年之前，做一次似曾相识的奇妙旅行，就像一场猝不及防的好梦那样。

如今的武林门已经成了一个商业圈，图为坐落在万向公园一角的『古武林门』碑。

书店 南山书屋

任哪一座城市，一个总被忽略，却又多半占据着这城市风景菁华的去处，就是大学。总是会疑心，进去合适吗？

这么想，就错过了许多。

比如南山书屋。

南山书屋的名号，总让本地人莫名觉得这是个上了岁数的书店，环西湖的南山路历史久远，自不必说，书屋背后的中国美术学院，年岁也可追溯到近百年前——这些都是了熟于胸的事。其实书店的开张，不过是十多年前的事。

沿着南山路走，看到爬山虎蔓延的高大青砖建筑，就是中国美术学院了。沿西侧靠国美展览馆的小路一直往前，不过几十米，右转，就见南山书屋。是搬迁后的新店，四方的招牌底色是最正的中国红。

进门，仰头就见一整面墙的狂

草《逍遥游》，是书法家王冬龄的手笔，将书屋一分为二。前厅是排列的书架，从书法、绘画，到器物、民艺，各种专业美术书和画册遍布其间，墙后是疏朗的咖啡座，一角，两个老师正低头讨论即将进行的展览细节种种。咖啡不错，且对师生极便宜，学生老师都喜欢在这里坐着聊个天看个书。

相比当年的南山书店，现在的格局是很现代了。

坐落在中国美术学院校园里的南山书屋。也许，在某个时刻，你会在翻阅一本书抬头的瞬间，与诸多艺术家温暖相逢。

当年的南山书屋并不在校内，而是在中国美术学院隔壁一栋古朴素净的青灰色小楼里。门脸不对着马路，游人多不知，除非是熟客，或慕名去的。因此更是清静。门前的匾额是当时仍在世的学者王元化先生题写，他极爱这里。在近十年里，这是中国美术学院师生看书约人的上好去处，也是这个城市的美术爱好者寻觅美术书籍用度的地方。一个南山书屋，一个潘天寿纪念馆，一个皮影艺术博物馆，安然如三位先生相邻而坐，清茶一杯，对着西湖聊天。

后来书店和出版业经营艰难，2012 年，南山书屋便迁出，让中国美术学院的师生好一阵唏嘘。所幸 2014 年，书屋终于回归。

在这里，碰到哪位名头赫赫的艺术家，很寻常。也许在一个下午，邱志杰就坐在你隔壁那桌，你大可以凑上去问问他那个极有趣的“邱注上元灯彩计划”进行得怎么样了；也可能碰到王澍，问问他，如果按照他的想象，并且种种想象都能实现，未来的中国乡村会是什么样。

1928 年，蔡元培先生在西湖岸边创立“国立艺术院”，此地一直是艺术的源头所在。蔡元培先生那句著名的“以美育代宗教”，虽然争议始终在，却也不是说出了：在这里，第一要义，是育人何以为美。

门外，水景里的红鲤鱼游得愉快。

别裁伪体亲风雅
转益多师是汝师
——杜甫《戏为六绝句》

古人

孙策：
开江东风雅气韵之先

过分短暂的生命，让孙策这位原本极为重要，甚或可能改变历史格局的人物变得有些无足轻重。如今翻阅杭城历史名人簿，时间纵轴的第一个显耀位置上，往往是他那位坐享其成的弟弟孙权。这让人不免心生沮丧，江东基业，百战功勋，恍若汹涌钱塘潮，铺天盖地而来，偃旗息鼓而去。

我们从故纸堆中最难以做出判断的，是一个人物横亘于宏大历史空间之上的重要意义。中国史料最传统的价值观是无限放大政治细节，而往往忽略文化的潜移默化，以及人物更深层次的个体性和独一性。在汉末那个古老的年代，人们对于江东的印象，大约还停留在勾践的卧薪尝胆和项羽的力拔山兮气盖世上。雅量高致的音乐家周瑜，

孙策（175—200），东汉末吴郡富春（今浙江富阳）人，字伯符。孙坚之子。少时居寿春，为江淮间人士所称道。坚死后，依附袁术，收领其父部曲。兴平二年（195），率军渡江，削平当地割据势力，据有吴、会稽等五郡，自领会稽太守。后又夺取庐江郡，依靠周瑜、张昭等南北人士，在江东地区建立孙氏政权。曹操任为讨逆将军，封吴侯。后遇刺死。其弟孙权称帝时，追尊为长沙桓王。

年少时即为孙策登堂拜母之挚友，毫无疑问，从朋友的情趣大致也能看出一个人的情趣，我不大相信“曲有误，周郎顾”的义兄会对诗文音韵之类风雅事毫无涉及，更不信能令张昭、张纮、秦松等大名士倾心侍从的少年英杰缺乏贵族必要的气质和风采。必须肯定的是，唯有佳配二乔的双子星一朝名扬天下，江东极优美的人文气韵方始逐渐成型，荡去了金戈铁马大风勇士的雄浑悲壮，从此小桥流水得以余韵悠长，方在若干年后，有了王羲之诗酒文会的雅集盛景。

陈寿在《孙破虏讨逆传》中一笔带及：策为人，美姿颜，好笑语，性阔达听受，善于用人。是以士民见者，莫不尽心，乐为致死（裴松之后来指出，孙策即便到了官列讨逆位封吴侯的人生巅峰，百姓依然不肯按习惯如称呼刘备“刘豫州”，称呼孔融“孔北海”一般称呼他“孙讨逆”，照样亲切地叫他“孙郎”）。这

孙策

位声名卓著的史家保持了他一贯的严肃和惜墨如金。他不可能对此展开详尽的阐述，因此，“美姿颜，好笑语”这一用今日目光看来富有偶像气质的形容，究竟引起了江东多少士民的模仿，潜移默化到什么程度已不得而知。但从他接下来势如破竹般连下江南六郡八十一州，并得到百姓热烈的拥护来看，孙策伴随着武力征服而带去的文化浸染，生动改变了江东人民的生活习惯和审美态度，似乎相当可信（孙策诏吕范弈棋的棋谱传世，便是重要例证）。孙策死后二十年，以虞翻、步骘以及陆氏家族为代表的江南第一代大文化人群体崛起，这里面自有孙郎开启风气的功劳。

孙策死于许贡家客颇具侠义意味的复仇，这个并不耐人寻味的故事伴随着郭嘉神秘诡异的预言，带来了强烈的欺骗性。与其说孙策无法置辩的“轻佻浮躁”考语源于他对勇武的强烈自信，倒不如认为他顺风顺水的人生经历导致对局势过于乐观——这毕竟也是贵族气质的一部分，尽管随时随地可能不合时宜。

《三国演义》的故事在整个亚洲都家喻户晓，根据《三国演义》改编过许多经典游戏，图为国内经典游戏《三国杀》中的孙策形象。

在1994年版和2010年版的电视连续剧《三国演义》（《三国》）中，濮存昕（右）和沙溢（左）饰演的孙策剧照。

《孙策诏吕范弈棋局谱》，记录在中国现存最早、最具权威性的围棋专著《忘忧清乐集》中。吕范为孙策亲信，二人常在戎马倥偬的闲暇之时，纹枰对弈，谈兵论政，以棋为乐，可见孙策之风雅。

今人 毛陈冰：其血稀罕，其情更稀罕

故事发生时，毛陈冰已经出落成一漂亮姑娘，虽然看上去小巧玲珑，文静秀美，却不给人丝毫弱不禁风之感。她爱笑，笑容灿烂甜蜜，阳光明媚，一如她的内心，可谓表里如一。

也许是命运，这个冰清玉洁的姑娘身体里流淌着的，居然是一种特别珍贵而稀有的血液。2006 年 6 月，毛陈冰在献血时，意外地发现自己是 Rh 阴性的 AB 型血型，这是一种非常稀有的阴性血型，一万个人中只有三个人有。因异常稀有，所以异常珍贵，也拥有一个异常别致的名字："熊猫血"。这让她隐隐感觉到，一份特有的愁苦和孤独，又有一种暗沉沉的特殊使命。

得知自己身上流淌的是"熊猫血"后，毛陈冰开始经常关注"自己一族"的情况及相关信息。当发现网上有一个稀有血型 QQ 群后，她经常有意无意地

在毛陈冰事迹的表扬大会上，她被授予黎平县『荣誉公民』称号。

进去浏览，看看有没有与自己血型相关的实时动态。也许她自己都不知道，早在理智觉醒之前，她的潜意识里已经是稀有血型献血部队中的一员了。

2007 年，20 岁的毛陈冰是中国美术学院艺术设计职业技术学院环境艺术系三年级学生。一天下午，毛陈冰下课后，和往常一样回到宿舍上网，打开一个名叫“一家人 A 群”的 QQ 群。突然，有一条求救信息跳出来：“急呀，兄弟姐妹们，我内弟的媳妇产后大出血，急需 Rh 阴性 AB 型血，现在患者处于昏迷状态，生命垂危。”留言的人网名为“死海的生活”。

毛陈冰的心咯噔一下，好像被点了名。

万分之三，这事还真的给自己撞上了！这条求助信息是真的吗？会不会是哪位网友开玩笑？毛陈冰心跳越来越快。经过简单试探，她判断这事应该是真的，于是心跳得更快。她曾不止一次想过，假如有一天遇到这样的事该怎么办。废话！当然是义无反顾地去献血。但事到临头，她又有些迟疑不决。对方在贵州，路远迢迢且不说，关键是如果要去救人，必然要坐飞机，自己身上没那么多钱。

毛陈冰出生在温州平阳一个小镇，弟弟在四川上大学，妈妈是家庭主妇，一家人的生活全靠爸爸做点小生意维持，容不得她“挥霍”。当时她全年的学费才交一半，身上的生活费也只剩几百元，哪有余钱去坐什么飞机。何况这是“人家的事”，自己完全可以置若罔闻。

可她的手指似乎不再听她指挥，不由自主地在键盘上敲出一行字："我是 Rh 阴性 AB 型血。""死海的生活"立即问："你愿意帮助我们吗？帮帮我们吧。"网络那一头焦急的面容似乎都看得到。毛陈冰说："愿意。"对方说："那得要尽快啊！"毛陈冰说："我知道了。"对方说："如果你能来，她就有救了。"毛陈冰飞快地敲下最后一行字："没有如果，我一定会来。"

十分钟之内，毛陈冰做出了她有生以来最大胆的决定——马上赶往贵州，去拯救一个陌生的侗族大姐，她叫杨昌花，产后大出血，生命垂危。此时，这个侗族大姐和她的家人已经在漫长等待和痛苦煎熬中度过了四十八个小时。

人命关天，迫在眉睫！下了线，毛陈冰在极短的时间内策划好从杭州到贵州黎平千里救人的行动。当然，首先得借钱凑路费。她向几个同学借了 700 多元，凑足 1500 元路费后，便匆匆上路。

同学方芳，是最早知道毛陈冰要去贵州献血救人的事的。在后来的班会上，方芳用最朴实的语言说出了自己对这位小姐妹的敬佩之情："我是毛陈冰最要好的同学，她去贵州献血的事我是最先知道的。现在大家也都知道了，但有很多事大家还是不知道的，比如她一路上的艰辛，如果换做是我，虽然已经答应人家，但也很可能会取消行动，因为真是太艰难曲折了。"

毛陈冰之前没有坐过飞机，她甚至不知道怎么坐飞机，以为去了机场就可以像乘汽车一样搭乘飞机。到机场后虽然搞懂了怎么坐飞机，但发现杭州直飞贵阳的机票已经没有，最早的航班要到次日傍晚。照此速度，对方医院认为可能救不了人，时间不够！这时毛陈冰完全可以顺驴下坡，取消行动，反正这不是她的错。但毛陈冰不放弃，她发现上海虹桥机场还有当天去贵州的飞机，当机立断，赶往火车站，抢上一列高铁，直奔虹桥机场。

火急火燎地赶到虹桥机场，虽然飞机在，但机场已经停止检票。她晚了五分钟！这是她第二次可以“取消行动”的机会——事到如今，仁至义尽，选择放弃，没有人会指责她，她也有理由原谅自己。任何人都会原谅她！但毛陈冰不要原谅，她不放弃，她向机场工作人员求助。得知她去贵阳是为救人后，机场工作人员对她网开一面，为她开通“绿色通道”。

毛陈冰回忆说：“不知为什么，登上飞机的一刹那，我哭了。”

走出贵阳机场，毛陈冰又哭了。这一次哭，她知道是为什么，她觉得受了委屈。为什么？她一路上一直和杨昌花丈夫谢瑞勇保持手机联络，对方答应会去机场接她。可当她走出机场时，居然找不到接机的人。打电话去问，对方承认没有派人去接。当时已经是深夜，将近十点钟，第一次出门，又是人生地不熟，她又怕又委屈又担心，眼泪唰唰流下来。

事后杨昌花丈夫谢瑞勇解释道：“说老实话，我们一直在通手机，我知道她一路上很折腾。这样折腾她还来？我开始怀疑这是不是真的，太不可思议了！为一个素不相识的人，她花自己的钱，千里迢迢赶来。我跟人说，没有人相信，都说我受骗了。”从贵阳市到杨昌花所住的黎平县，还有将近

500 公里，如果要去接机，要找车找人，路上得走一天，太难了。谢瑞勇说："难是一回事，主要还是觉得这事不靠谱，所以最后我没有去接她。"

深夜十点，当然不可能有去黎平县的汽车。无奈之下，毛陈冰只好在贵阳长途汽车站附近随便找了家小旅馆住下。这一夜是如何煎熬过去的，没有人知道。毛陈冰说："我自己也不知道，我又累又伤心，不知道该怎么办，一直在哭，在问自己，到底要不要继续去做这个好事。我完全是出于好心，没有任何目的，想不到结果会这样，我很痛苦，有一种被抛弃的感觉。"

当黎明的天光照亮窗户时，毛陈冰被一个简单的念头所鼓舞：救人要紧！于是放下一切，孤身一人坐上最早的长途班车，向目的地继续进发。在高原的盘山公路上颠簸了整整十一个小时后，汽车终于开进黎平县城。

谢瑞勇说："她在路上给我打电话，说她来了，我就开始自责，一天都在自责。世上真有这样的好人！当我在汽车站看到毛陈冰疲惫不堪的身影时，我又激动又惭愧，不知道说什么好，只好哭了。"说着依然泪光闪闪，难以抑制心中的感情。这是一种复杂的感情，激动，愧疚，幸福，钦敬。

赶到医院后，体重只有 44 公斤的毛陈冰立马伸出手臂，向医生表示，她愿意献 400 毫升血给病人。医生看她身体单薄，又是长途劳顿，面容疲惫，只同意抽 200 毫升。抽完 200 毫升，毛陈冰觉得没事，建议医生继续抽。医生说，继续抽有昏迷的危险。毛陈冰说："可病人有生命危险，我昏迷算什么，抽吧。"

医生拗不过她的请求，硬着心肠又一次把针头扎入她的手臂。

同学方芳说："其实，在这次献血前一个月，毛陈冰在杭州刚刚参加过献血。按照常规，两次献血至少要间隔 6 个月。事后我曾问过她，你这样献血万一有什么生命危险怎么办。她说当时没想那么多，只是看到病床上昏迷不醒的杨大姐，真的希望自己多献点血，好尽快救她。医生说她失血有将近 3000 毫升，如果我只献 200 毫升，我怕太少了，帮不了她。”

抽到 240 毫升血时，毛陈冰出现虚脱反应，失去知觉。与此同时，病人杨昌花终于睁开已经闭紧多时的双眼。医生说，这就是救命的血，如果没有毛陈冰这 240 毫升血给她，病人即使保住性命，也可能留下严重的后遗症，甚至出现脑死亡、产后综合征，给病人和家人留下一辈子的苦难。

一个这么单薄轻巧的小姑娘，为了一个陌生姐姐，千里奔波，受尽旅途劳累，不惜冒着生命危险一点点把生命之泉抽出来，续别人的命，怎么能不叫在场者为之动容？医生、病人家属拉着毛陈冰的手，千恩万谢，希望她能住下休息休息，恢复一下身体，也容他们好好报答一下救命之恩。

毛陈冰却说走说走。第二天凌晨，她醒来，得知患者已经脱离危险，十分笃定地拒绝了家属的挽留和酬谢，看了一眼熟睡的杨昌花大姐，带着满意的笑容毅然作别。黎平县委宣传部干事陆书明，偶然得知此事，追到车站，想采访报道她的事迹，被她婉言谢绝。

陆书明回忆道：“她说这只是一件很平常的事，不希望太多的人知道。但我总觉得这么高尚的一个人、一件事，不被人知道，作为宣传干事是一个失职，所以后来我冒昧发了稿子。”但为尊重毛陈冰本人的意愿，发稿时他为毛陈冰化了一个名——毛丽，“美丽”的“丽”。

陆书明说：“她有一颗美丽的心灵。这颗心灵感动了贵州人，报道一刊出，所有的媒体、网络都竞相转载，一石击起千层浪。那时我反而担心了，因为世上没有一个叫‘毛丽’的献血者，如果有人追究起来，我只有对不起毛陈冰，把她亮出来。后来事情就是这样的，我迫不得已，只好道明真相。”

当真相“败露”后，毛陈冰的事迹在网上引起巨大反响，百度中与“毛陈冰”这个关键词相联系的报道多达6万多篇，人们热情洋溢地讨论她、赞扬她、传播她，把她的名字一直挂在每日头条上。以毛陈冰“千里献血”为蓝本的电影《千里之外》也迅速投拍……

该片编剧兼导演梁潇说：“我听到这个故事后被深深地感动了。当年，义薄云天的关云长为护送兄嫂家眷千里走单骑，被世人广为传颂。今天，小毛千里放单飞的壮举与关老爷相比，几乎一点不逊色，甚至更显无私，更有磅礴情怀。所以我决定把这件事搬上银幕，去感动更多的人。”

是的，我们需要这样的感动，像植物需要阳光照耀、雨水滋润一样。试想，如果我们生活中没有了毛陈冰这样的人，如果我们的心灵不再为毛陈冰这样的事感动，这个世界会怎么样？毛陈冰露出像阳光一样明媚的笑容，说：“相信我，这个世界永远不会这样的。我只是做了作为一个特殊血型的人应该做的事，但人们给了我太多的荣誉，这就是证据。”

我们相信她！

赵柏田《岩中花树》：江南文人的贵族式风雅

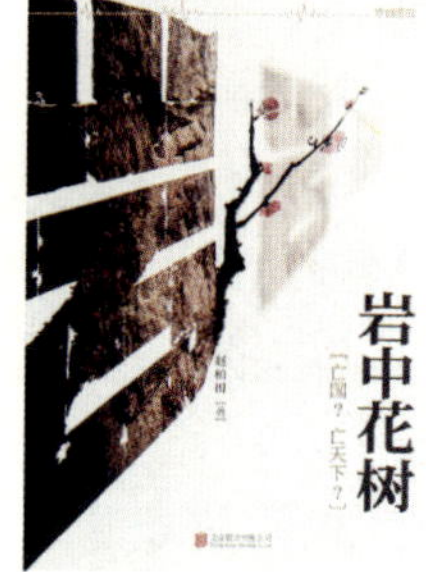

《岩中花树》是一部让读者有些为难的作品，占据了绝大篇幅的王阳明篇章是以第一人称写成，这很容易让人联想到史景迁的《中国皇帝——康熙自画像》。在附录里，赵柏田坦承那位美国汉学家对自己创作的巨大影响，他的做法并非创造而是延续。问题在于，即便贵为耶鲁大学教授、美国历史学会主席，史景迁流于大众消费心理的写作方式也常常招致非议。本书自问世以来质疑之声便从未停止，作者不可推托的责难在于，以第一人称消费哲学家王阳明有些过于大胆。在很多人看来，这样一位光芒夺目的绝世天才，他的感情经历并不像作者所认为的那么重要，而更为重要的问题，譬如他的哲学，他的道德，他的军事才能，似乎都流于了

明代大儒王阳明像。其为明代著名的思想家，陆王心学之集大成者，学术思想传至日本、朝鲜半岛以及东南亚，立德、立言于一身，成就冠绝有明一代。

表面，并未带来令人欣喜的见解或发现。

如果单纯只看王阳明的传记，或许这些质疑声是很能站得住脚的。但我们不能忽略了其他字数较少的篇幅，黄宗羲、张煌言、全祖望、章学诚等人在本书中的出现，也并不是王阳明的附庸、补充或其他。以杭州为核心的江南气质充斥着这个“起自对历史与叙事的双重热情，起自爱与孤独，起自对一种风格的迷恋”的文本。不仅因为他所书写的人物皆属于浙东文脉，而且因为这些人艰苦卓绝的努力积淀为雄厚的地方性知识、鲜活的传统，沉潜于现代人的呼吸视听，古人的魂灵融化在白堤垂柳，灵隐古刹，钱塘江粼粼碧波，并没有离我们远行。赵柏田置身江南的传统之中书写江南的传统，三百年恍如昨日，黄宗羲好像就是刚才在北山路擦肩而过的神情深沉的鹤发老者，而王阳明显然鲜活在每一个带给我们智慧和思考的面孔。江南构成了写作的语境与立论的起点。我更相信它是一种气质，一种沉淀了多年的贵族气质，散发在本书的每一个暗角或侧翼。

赵柏田不能算是一个野心很大的历史作家，起码从他的作品当中，除去文本的危险性，很难看出他试图通过某种技术的

宁波白云庄内甬上证人书院的『黄宗羲讲学蜡像』，这里曾一度聚集众多浙东文人听学受教。

图为浙东学派三位代表性思想家，从左至右依次为黄宗羲、全望祖、万斯同。

方式为笔下的历史另辟蹊径（如孔飞力、吴思等人的做法），本书自始至终在为江南文化苍茫高远的境界寻求一条通路，正如出现在封底的那句话：世界如此荒凉，只能培养一颗寂寞的心。读完之后，我未能感受到寂寞，我感到了某种传承之下的浓浓诚意。

书店 枫林晚书店

紫荆花路上的“枫林晚”很不好找，但并不妨碍熟客和循迹而去的读者。

一层楼宽敞，800 平方米，水泥地面，没有修饰的灰色方柱加白色屋顶，工业风，并不热情，亦不媚俗，书选得很精。

枫林晚从文三路搬到这里，是 2008 年的事了。

起初枫林晚不过二三十平方米，开在文一路上，不事喧哗的一家小店。后来渐渐做大，搬去文三路。关于文三路的历史，一个流传至今的段子是，当年金庸在浙江大学人文学院当名誉院长，让助手去枫林晚买几套《金庸全集》送朋友，店主朱升华竟一套也拿不出来，压根儿没有金庸的书——因为定位是“学术书店”。

那时老“杭大”周遭书店来来

作为一家专业型学术书店，其浙江大学西溪校区旁的地理位置显得恰如其分。

往往，也有极风光的，枫林晚却总有些卓尔不群：四百平方米的两层小楼，一楼书，二楼咖啡屋，今天书店习以为常的格局，多年前枫林晚就已经玩过了。2000 年开始举办学术沙龙，使得书店的朋友名单上长长的一串，都是名头颇响亮的学者和文化名流，学者汪丁丁甚至还给朱老板主持婚礼。至于本地的文学青年，常把此地默认为约会地标：晚六点，老地方见。

时间转眼走过十年，网络书店纷起，对实体书店的冲击日益，枫林晚终于从地价日趋金贵的文三路迁到紫荆花路，面积扩

大了数倍，“枫林晚”的后缀则从“学术书店”换作“书立方”。似乎不经意的改变，背后的焦虑，不是三言两语能言明——最多的时候，枫林晚有 12 家分店，遍布杭州、宁波、嘉兴这些城市，后来渐渐悄无声息。

但坚决不消失，于是选择转身。“书立方”的意思，如果还原成店主朱升华 2008 年的设想，是“做中国第一家实验书店，融书店、咖啡馆、艺术馆、展览馆、文化实验

book^{3} 书立方
枫林晚文化机构

室于一体”，一个文化场。

2009年，“阿里巴巴·枫林晚图书馆”开业，书店进驻阿里巴巴滨江办公区一年，员工人均阅读量骤增，枫林晚提供的文化学术讲座是员工额外的福利。又后来，每每有重要客人参观，马云都要把客人带去图书馆坐坐，聊聊。再后来，阿里系又有枫林晚新店开出。

企业内部的“文化管家”虽然同外界并无关系，却让枫林晚得以转身，2000平方米的书立方，继续书店一贯的节奏，文化学术沙龙依旧。有数据：从2000年到现在，讲座次数1000场。

朱升华曾经说过一句话：“不定某个年轻人，在某一场讲座的一刹那，他的理想或者人生被某句话、某个人、某本书突然点亮了。很多时候，人生的改变就因为一句话。”

理解绝对是养育一切友情之果的土壤

——托马斯·伍德罗·威尔逊

古人 马可·波罗：理解中国的意大利“骗子”

13 世纪最后两年的热那亚监狱中，浑身长虱的狱卒时常会因一个威尼斯战俘的高谈阔论打发掉百无聊赖的日子而感到愉快。他们不但允许此人与在地中海享有盛名的作家鲁思梯谦（Rusticiano）同囚一舍，还破天荒为他们准备纸笔，默许鲁氏记录下来，以备随时翻阅。

马可·波罗

这名战俘似乎叫马可·波罗（Marco Polo），一个普通而无关紧要的名字，但在不久的将来，这个名字将随着鲁思梯谦装订成册的记录而名闻天下。骄傲的罗马人、高卢人、日耳曼人以及盎格鲁－撒克逊人，将通过阅读发现，在距离他们万里之外的地方，凶悍的蒙古人正统治着一个巨大而富有的国度，那里遍地黄金，商业繁荣，人民富裕，造桥的技术无与伦比，一两黄金才能兑换一两的丝绸竟然遍地皆是，风景也美不胜收……说实话，哪怕是最乐观的中国人，乍然看见这样的描述，绝不会想到是在说自己的国度。他花了大量篇幅描述的“天城”，也与真实的杭州天差地别。这个讨人喜欢的“骗子”大概做梦也没有想到，若干年后，会有不少相信了他大花乱坠描述的欧洲人，带着鸦片和大炮敲开他魂萦梦绕的国度，掠走了财富和尊严，留下了灾难与死亡。

马可·波罗的行为其实一点也不难理解。首先，他是一位商人。夸大其词是一位合格的商人必备的素质。在那个只有马车和骆驼的时代，万里之外的土地恐怕比我们现在去火星还要遥远。所以他丝毫不用担心谎言被人拆穿。越是将中国描述得仿佛人间天堂，人们才越会对那里产生巨大的好奇，对他本人，以及他所带回的商品的认可、接受乃至崇拜程度才会越高。我不知道马可·波罗有没有向威尼斯人或热那亚人兜售前往中国发财的秘方，但我敢肯定的是，《马可·波罗游记》问世之后，尽管怀疑者众多，但抱有此目的向他寻求帮

马可·波罗（约1254—1324），意大利旅行家。约1271年随其父、叔前往东方。于1275年至上都（今内蒙古自治区多伦县西北）。得元世祖忽必烈信任，出使各地，仕元十七年。通晓中国文化礼仪，熟谙汉语和蒙古语。游历几遍中国。

1292年初离中国。1298年在战争中被俘，狱中口述东方见闻，由同狱比萨人鲁思梯谦笔录成书，是为《马可·波罗行纪》（亦作『游记』）。书中盛道东方之富庶、文物之昌明。1299年获释，返威尼斯。此后经历则鲜为人知。

位于西湖畔的马可·波罗像，底座上写着：杭州是世界上最美丽华贵之天城。

中国于1983年发行的马可·波罗纪念币，其中一枚银币荣获1985年世界硬币大奖赛『最有历史意义奖』。

江苏扬州的马可·波罗纪念馆中名为口述成书的蜡像。

助的人也一定不少。回想我们身边那些红口白牙做“项目”的人荒腔走板信口开河，马可·波罗好歹还是在去过中国，理解了那个国度之后，添油加醋加以吹捧而已。更何况我们还不能排除另一种可能，那就是实力更加雄厚的蒙古统治者模仿隋炀帝的勾当：为了在外宾那里炫耀国力，树裹绸缎，吃住免单。如果是那样，指责马可·波罗满嘴谎话，实在有些冤枉他了。

今人 陈辽敏：或许另有一本笔记本

互联网时代，认识人不一定要出门，微博、微信是个大广场，搜一搜，摇一摇，天之涯，海之角，什么人都见得到，找得见。老实说，我是微博上“认识”陈辽敏的，那么先来看她几条微博吧，蛮好看的：

> 1. 苏东坡任杭州通判时，一和尚和某女有勾搭。一次和尚喝得烂醉，去找该女吃了闭门羹，于是怒从心头起，恶向胆边生，破门杀了此女。归案后苏东坡发现和尚胳膊上刺了一副对联：但愿同生极乐园；免如今世苦相思。问明案情后，东坡判斩立决，判词如下：臂间刺道苦相思，这回了却相思债！
>
> 2. 乾隆年间，一寡妇想改嫁，遭到家人阻挠，遂向官府呈状书：“豆蔻年华，失偶孀寡。翁尚壮，叔已大，正瓜田李下，当嫁不当嫁？”

提名2015CCTV年度法治人物的陈辽敏秉持司法为民、公正司法的理念，努力让人民群众在每一个司法案件中感受到公平正义，赢得了人民群众的广泛好评。

知县接状，挥笔判定：嫁！这份判词，当属历史上字数最少的判决书，只有一个字。

3. 北宋时，崇阳县县令张咏发现管理钱库的小吏每日将一枚小钱放在帽子里带走，便以盗窃国库罪把他打入死牢，小吏认为判得太重，喊冤。张咏提笔写下判词：一日一钱，千日千钱，绳锯木断，水滴石穿！该判决认定事实准确，说理透彻，言简意赅，使当事人心服、口服！

4. 明代某年仲春，湖南长沙两头牛角斗，一死一伤，两家主人为此吵闹不休。太守祝枝山察访民情路经此地，问明情况，当即判道：两牛相斗，一死一伤。死者共食，生者共耕。遂平息争端。此判决的智慧在于从全新的视角剖析问题，找到利益平衡点，化解矛盾。

5. 有人批评调解是“廉价的正义”。实际上，调解结果往往是当事人综合各方面因素和权衡了各种利益的自主选择，当事人会综合考虑长远利益、风险成本、实际获利等因素，通过放弃一些权利或利益交换实现利益最大化，因此达到双赢或多赢的结果。所以有权评价结果是否公正的不是局外人，而是当事人。

看了这些微博，你大致可猜测博主的职业：法官。

确实是个法官，“文如其人”。但是从外表看可不像，我第一次见到陈辽敏，她混在一堆人中，没穿制服。我暗自猜，结果是猜错了。又猜一次，还是错。如果再猜，还要错。确实，当人们告诉我陈辽敏时，我不得不承认，和我想的大不同！

中等个子，偏矮，圆脸，微胖，慈眉，善目，薄薄的镜片后面，是一束略显羞赧的眼神；一副深色眼镜，充满书卷气；两窝酒靥，一张嘴，就笑眯眯的。这形象，与人们想象中严厉的法官实在大相径庭。

当然，人不可貌相，她不但是法官，还是著名的“大法官”。在公检法系统，陈辽敏的大名无人不知，因为功勋卓著，也因为心细如发，技压群芳。她靠手中一柄只有几两重的法槌战斗，冲锋陷阵，骁勇善战，惩恶扬善，为民立言，立功受勋。一等功、二等功、三等功，“全国优秀女法官”“全国模范法官”“人民的好法官”等等，各种荣誉勋章挂出来，一面墙壁不够用。

在法官这一特殊群体中，女法官是一个更为特殊的群体。无论在法庭上还是在社会上，女法官已成为人民法官队伍中一道亮丽的风景线。她们处事断案时既显示出温柔细腻的一面，又不失理智和果断。巾帼不让须眉。陈辽敏，就是那道亮丽风景线上的一个特别耀眼的闪光点。

陈辽敏的老家，在山清水秀的浙江建德。新安江大坝轰鸣的飞瀑，家乡秀水清冽的品质，养成了她果敢利落，却又不失细腻温柔的个性气质。小时候，有一天陈辽敏跟随父母偶然经过法院大门，她好奇地问这是什么地方。父亲轻轻地告诉她：这是法院，是专门为老百姓伸张正义的地方。

多年以后，当陈辽敏穿上法官制服的那一天，她把父亲的这句话很庄重地写在第一本工作笔记本的扉页上。事实上这句话一直被她牢牢地锁在心房里，也正是这句话，让她从小立下志向：将来长大要当一名法官。孩子就是这样，有时父母亲的一句话、一件事会影响其一生。

另有一句话也是一直锁在陈辽敏心里的：一次不公正的判决，其恶果甚至超过十次犯罪。因为犯罪虽然是无视法律——好比污染了水流，而不公正的审判则毁坏法律——好比污染了水源。这是她有一天在书上看到的，这本书叫《论法律》，作者是伟大的思想家培根。这几乎是每个法官的必读书，像基督教徒读

《圣经》一样，陈辽敏不知读过多少遍，有些段落几乎会背。而背得最多的无疑是这句话，它被摘抄在一本新的工作笔记本的扉页上，每次坐在庭审席上，这句话总是会从她心底泛起，在耳边回响。

司法公正是实现社会公正最重要、最关键的窗口，司法不公是对社会公平和正义的践踏，长此以往民心必将涣散，国家必将乱象丛生。然而，司法公正不是一句简单的口号，它是一项系统工程，其中法官素质是影响司法公正的关键所在。一切司法活动最后的裁定和判决，都是由法官来进行的。司法公正的原则和制度，唯有赖于法官来维护和执行。假如法官素质低劣，再好的司法原则和法治制度都得不到贯彻，实现司法公正的愿望，最后就是一句空话。

老百姓有句俗话：天上翻跟斗，地里来落实。司法公正，最关键的落脚点，就是法官手上那柄法槌。关键时刻的那一槌，你到底敲在哪一边，是正气凛然地敲下去，还是做贼心虚地敲下去？这一槌，人命关天。这一槌，替天行道。这一槌，彰显了法律的庄严和威性。这一槌，体现了司法的公正和中正。这一槌，浸透了法官的知识、学养、道德、良知、仁义、爱心，以及宽厚的人文素养和扎实的理论功底等。

陈辽敏手上那柄法槌，虽无生杀大权，却也举足轻重。她在法院主要从事民商事审判，负责立案调解工作。刑事庭错判，事关人命；民事庭错判，事关利害。因利益纠纷而起的民事案件如果被法官错判、误裁，矛盾将从法院延伸到社会上，一经升级、发酵，就会发生剧变，就可能使原本一件清楚明白的民事案件，骤然恶变为一起错综复杂的刑事案件。

这样的司法案例，不胜枚举。

俗话说，常在河边走，难免会湿鞋。自2005年至今，陈辽敏入法院工作以来，一直奋战在基层第一线，办案不计其数。她一般每天都要调解七八件案子，如有调解不成的，当审则审，从不含糊，公正就是利器，就是速度。所以，她办案有“多快好省”之美誉。仅2008年一年，由她办结的案件就高达1255件，平均每月超过100件，而平均审理期限仅为17天。难能可贵的是，她手上的那柄法槌，从未敲错过。如果说这是偶然，这无疑是世上最大的偶然。

法律是无情的，但并非冷酷。法官判案时，不见得非要像黑脸包公那样面对原告被告，人性关怀下的法律自有它独特的带温度的法度。陈辽敏在审判工作中，坚持以民为本，让法律在公平和正义的前提下，尽量增加一些人性的温情和善意，增加一些对弱者的同情、理解和庇护。有人总结过，陈辽敏办案的个性和特点是八个字：公正，廉洁，高效，亲民。

这也是她抄录在某本工作笔记本扉页上的八个字。

这八个字也是由她独创的“东方调解经验”的主要内容。

权为民所用，情为民所系，利为民所谋。

这是陈辽敏记在又一本工作笔记本扉页上的话。

陈辽敏认为，法官不只是一种职业，更重要的是代表了一种身份、一种使命。面对形形色色的当事人，她总是诚心对待，耐心倾听他们的诉求，设身处地，将心比心，把帮助老百姓排忧解难，把司法公正高悬在天，看作是一种职业的法则和一个法官应有的使命。都说雷厉风行是陈辽敏的办案特点，但雷厉风行不等于简单草率。为了真正做到案结事了，她对接到的每一桩案件都不是简单地一“槌”定音，而是用自己满腔的工作热情和女性特有的细腻与温情，抓住每一次与被告接触的机会，尽可能地感化当事人，在当事人能坦然接受时再行判决，避免留下可能发生的后遗症。

但她也有“后遗症”，那就是作为一个母亲、一个妻子、一个女儿的愧疚心理。作为一名庭长，陈辽敏的办公室里每天总是人来人往，有结案后来拿调解书的，有等待她去调解的新案，有要求改期开庭的，有催要执行款兑现的，可谓门庭若市。在她的办公桌上，总是堆满了大量文件、案件、与法律相关的书籍、手册；她每天要面对的，不但有形形色色的“外人”，还有全院上上下下几十名法官、干警。她是法官，又是领导，还是名人，这三个“角色”都不是好当的，都要她牺牲作为妻子、作为母亲、作为女儿的应尽义务。

为此，她常常悄悄地抹泪，只能是“悄悄地”。为此，我猜测，她或许另有一本笔记本，不是工作笔记本，而是私人笔记本，那本子里也许记满了她作为一个平常人家的女性对亲人的各种歉疚和愧意。

书籍《马可·波罗游记》：意大利商人关于杭州的理解

《马可·波罗游记》之于历史研究者最为重大的意义，在于为那个古老的时代提供了弥足珍贵的他者视角以及另一种文化的理解方式。换言之，相较于循规蹈矩、战战兢兢的儒家史学作者，马可·波罗带来了全新的历史感。这个人有着自己不可置疑的世界观，他总是能无比自信地用自己的价值观来描述和解释他所看到的一切。虽然漏洞百出却丝毫不惹人讨厌。在他眼中，忽必烈不再是入侵中原的异族首领，而是东方理所当然的统治者，元朝治下的汉人并没有什么了不起，他毫无意外地称呼汉人为蛮子，自然也不可能谈到汉文化如何卓越。不少人由此对中国历史的故纸堆产生了不小的怀疑，蒙古的文化、科技真的远远不及中原？王朔所说的不招人喜欢的话——“唐朝两千万人居

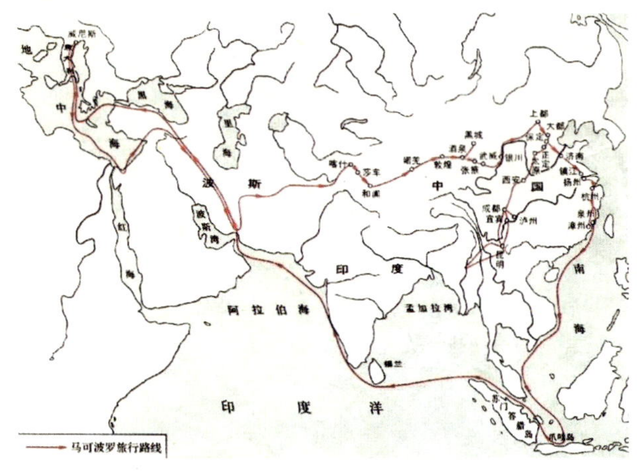

马可·波罗旅行线路图。

然冒充世界强国”也开始振聋发聩，唐朝真的就是当时的世界第一，比欧洲高出许多？中国真的一直都很强大，衰落仅是近代的事？马可·波罗是商人眼光，没空去照顾谁的感情，也不会去记录思想领域、文学、美术、音乐、哲学方面的任何成就，他眼中看到的多是金珠宝玉，赋税经济，因此，谁穷谁富一目了然，他去了成都、苏州、襄阳、扬州、福州、泉州，极大地满足了他的好奇心，但他断然不以为这些地方好过了威尼斯、热那亚或者罗马，唯独杭州，这座“蛮子国的行在”，令他如痴如醉，好似到了“天城”。

在杭州，他看到了世界上最繁忙的运河，看到了数不清（他估了一个一万二千的数目）的建筑精致的桥，看到了密密麻麻的店铺、十个方圆几英里的广场、你能想到的所有商品以及几万人赶集的壮观场面，看到了杭州每天要消费不可思议的数目的鱼以及巨大的胭脂迷魂阵。这里的高楼林立，雕栏

图为明宪宗成化十三年（1477），德国牛恩堡市刊印德文译本《马可·波罗游记》（古译为《马哥孛罗游记》）之书画面及题词。

画栋，建筑华丽，居民性情平和，易于相处，还有大量的庙宇，供人虔诚参拜。最关键的还是西湖，他说：“湖中还有大量的供游览的游船或画舫……船底宽阔平坦，所以航行时不至于左右摇晃。所有喜欢泛舟行乐的人，或是携带自己的家眷，或是呼朋唤友，雇一条画舫，荡漾水面……这样在水上的乐趣，的确胜过陆地上的任何游乐。因为，一方面，整个湖面宽广明秀，站在离岸不远的船上，不仅可以观赏全城的宏伟壮丽，还可以看到各处的宫殿、庙宇、寺观、花园，以及长在水边的参天大树，另一方面又可以欣赏到各种画舫，它们载着行乐的爱侣，往来不绝，风光旖旎。事实上，这里的居民在工作或交易之余，除掉想和自己的妻子或情人在画舫中或街车上休闲享乐之外，别无所思。”

在马可·波罗的眼中，杭州百姓在物质和

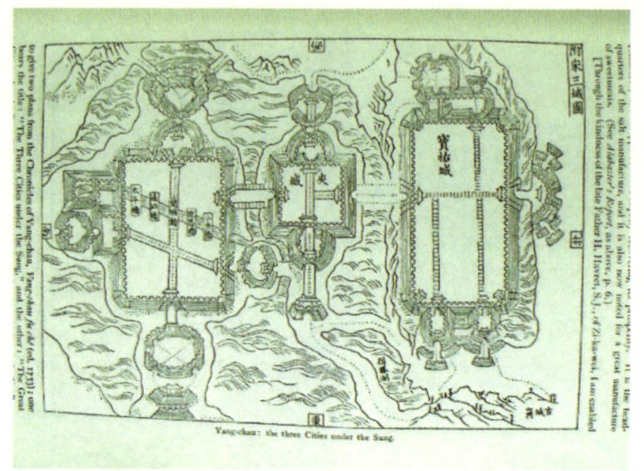

《马可·波罗游记》早期版本中的插图。

瑞士雕刻家马特豪斯·马连根据《马可·波罗游记》制作的杭州地图铜版画。这是世界上唯一把马可·波罗对杭州的描写用铜版雕刻的形式保存下来的画，代表了17世纪欧洲人想象中的杭州。

精神上双重富足，几乎已超越了他的想象。这座以西湖为中心的大都市，汇聚了全国的奇珍异宝，代表了当时世界上最高级的生活水准和最先进的城市文明。值得关注的是，马可·波罗对杭州的理解在接下来很长一段时间内，左右了西方世界对于整个中国的看法，但对于最重要的当事者而言，却并未带来某种必要程度的警示或启迪（儒文化的力量由此可见一斑），这实在是令人感到遗憾。

书店 纯真年代书吧

“小刺猬的妈妈前几天去世了，小兔子很想接小刺猬来家里玩。兔妈妈说，小刺猬身上长着刺，一不小心就会扎痛你的。第二天，小兔子把自己身上的毛都剪了下来，兔妈妈太惊讶了：你这是干什么？小兔子骄傲地回答：我要用兔毛给小刺猬织一件兔毛衫，小刺猬穿在身上就不会扎痛我了。”

140 字的微博时代，一个叫盛子潮的男人，玩着写了很多微童话，这篇叫“爱心牌兔毛衫”。就是这个男人，十几年前送了他心爱的姑娘一份礼物：一个叫“纯真年代”的书吧。

那时候，“纯真年代”还在杭州城的西边，临街，门口几架子花花草草，不是那种昂贵的，就是些太阳花、雏菊什么的，自顾自地乐着；进门，左手是顶天立地的书

在宝石山山腰的纯真年代书吧背靠保俶塔，绿树环绕，推帘就能邀得西湖入窗来。

架，大多是文史类。三层小楼，抽一本书就能在沙发里窝一个下午；或者办一张会员卡，可以外借一年的书。这些都是十几年前的事。

男人是这座城市的文化人，书吧是他拿房产证抵押贷款来的——那年他的姑娘大病一场。他拉着她的手想，如果她能好起来，他要给她过上她想要过的生活。

书店里进进出出着作家们：莫言、阿来、陈忠实、贾平凹、王旭烽、麦家、余华、张抗抗、叶兆言、舒婷……每个城市总有一两个类似的去处，比如成都，那个叫“白夜”的酒吧。

几年后，书吧搬到宝石山的山腰上，门前屋后，古木参天，多了些山林气。经常有爬山累了的游人，沿着北山路方向的山路下来，突然看见这么一个所在，忍不住“哎呀”一下。于是停住脚，坐在书架边上，找找作家的签名本，吹吹半山腰的风。

又有从北山路走去的，经过

作家签名图书专柜
A5
A6
A7
A8

Redleaf
VPK
浙江文化地图
生活周刊

一路民国的宅子，经过一路古人的西湖，一气走上几百级台阶，眼前豁然开朗："纯真年代"四个字韩美林写的，迎客的对联"看山揽锦绣，望湖问子潮"来自莫言——"锦绣"是姑娘的名字。也许你会对这措辞有异议：怎么能叫姑娘，他们从厦门大学毕业后结婚，明明是几十年前的事。

后来，男人突然生了病。

再后来，他就走了，留下他的姑娘，继续守着他们的"纯真年代"。

总让人想起导演马丁·斯科塞斯的电影。1992年，老马拿到那个由艾迪丝·华顿小说《纯真年代》改编的剧本时，即刻拍板。这部电影，后来成为"最不斯科塞斯"的斯科塞斯经典。

在任何年代，纯真都是人心底最柔软的痛楚。

卷七

君子之所以

动天地应神明正万物

而成王治者

必本乎真实而已

——荀悦《申鉴·政体》

古人 胡雪岩：事以至诚

南宋以降的杭州，经济的生气勃勃确实比中国的其他任何地区都要持续长久。清河坊大概是见证这千年繁华的核心所在。自明清时期始，这一带形成了一条中医长廊，汇聚了包括创办于南宋的保和堂在内的多家药铺。百草清香氤氲中，有一家后起之秀特别引人注目，那就是清末红顶商人胡雪岩一手创办的“胡庆余堂”。如今，不少更老的字号已然湮灭在匆匆光阴黑白的侧翼，胡庆余堂却在“真不二价”的金字牌匾下闪耀出夺目光芒，甚或会有不少人因倾慕本堂方知清河坊之名。人世间的事大抵如此，一个精致、耐人寻味的部分或细节，往往会超越整体本身。譬如名句之于整首诗，又譬如精彩的进球之于一场足球比赛。

胡雪岩

“戒欺”和“真不二价”之训，

胡雪岩（1823—1885），清末安徽绩溪人，一说浙江仁和（今杭州）人，名光墉，字雪岩。初在杭州开设银号，经理官库银务。后为左宗棠湘军办理后勤，以熟谙洋务著称。1866年（同治五年）左宗棠调任陕甘总督后，为左在上海主持采运局，筹供军饷，订购军火，举借内外债，受清廷赏给头品顶戴。依仗湘军权势，在各省设立阜康银号和当铺，开设胡庆余堂药铺，经营丝、茶贸易，称巨富。1884年（光绪十年）受洋商倾轧破产，次年忧愤而死。

并非胡雪岩心血来潮故弄玄虚，也不是仅针对药铺而言，当他衣着锦绣，站在西子湖畔静看烟霞云霭时理应不会忘记，幼冲之年面对数百两白银巨款的拾金不昧，给了他告别放牛生涯踏入杭城银号从此一飞冲天的机会。在这个儒教价值根深蒂固的国度，在那重农轻商的时代，他的成就堪称前无古人。几乎所有善于追究原因的学者，见到胡氏所有材料之后，得出的结论都惊人相似：胡氏以至诚待商，平息了民间文化中“无商不奸”的偏见和怒火。他的天资恰到好处地将个人品德转换为企业规则乃至行业规则，并成功付诸实践。值得注意的是，没有学者认为这一要点仅是前提而非根本原因。反倒是一再被人关注并反复提及的王有龄、左宗棠等人所代表的“官商之道”，无非只是一种顺应国情（世情）的技术手段而已。事实上这也不难理解，在中国，任何一个成功的商人，谁在官场上没有一点或多或少的人脉？但千百年来，万亿之众，胡雪岩仅此一人而已。

引用一句孔飞力的表述：伴随着规则而来的是可预期性和标准化。同时，规则也限制了运用规则的人们的自由。倘若胡雪岩能读到此良言，或许将于心有戚戚焉。至诚的规则带给了他超越时代的勇气：挑战外贸和涉外金融，经营非民生商品，打破产业链的原始壁垒……凡此种种，却也让他在面对出乎常规方式的政治打击的时候一筹莫展、束手无策，最终惨淡结局。成也萧何败也萧何的事实并非技术层面的不足，在无法挣脱官僚专制死结的环境里，没有一种成功毫无危机可言。胡雪岩跌宕起伏的一生，恰恰是超越时代的人才残酷而现实的命运缩影，为此没有人会有更好的办法，但他至诚的普世价值，却经由胡庆余堂的沉淀，在杭州这座文化上同样生气勃勃的城市，注入了更为广泛和深刻的价值内涵。

清河坊胡庆余堂大厅中的胡雪岩像。

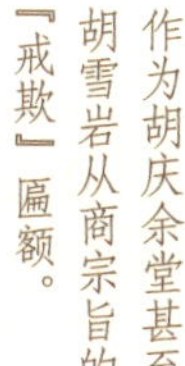

作为胡庆余堂甚至胡雪岩从商宗旨的『戒欺』匾额。

位于杭州吴山脚下清河坊的胡庆余堂外景。

今人 黄小荣：葛溪岸边的“生死时速”

地点是杭州市富阳区万市镇众缘村葛溪岸边。

时间 2012 年 8 月 29 日，中午 11 点 40 分左右。

葛溪发源于临安市玉皇坪，流经富阳的万市、洞桥、胥口至新登双江口的渌渚江，全长 41.3 公里，流域面积达 463.5 平方公里。在它经过的地方，有大大小小几十条溪流汇聚，到万市镇众缘村一带，形成又阔又深的河流。著名的风景区岩岭湖，就是拦截葛溪而形成的。

那天，雨后初晴，阳光很好。小女孩璇璇和同伴在葛溪岸边尽情玩耍。因为雨后初晴，岸边青苔很滑，璇璇一不留神，脚底一滑，滑入了葛溪中。当时正值旺水季节，溪深流急，璇璇一跌入水中，就被湍流卷走了。

当天中午，49 岁的黄小荣如往常

一样，在厂里食堂吃完午饭，起身打算去车间转转。这是他的习惯。刚刚走出食堂大门，突然听到外面有个小女孩尖尖的叫声：“救命！救命啊！”

黄小荣冲出厂门，迎面碰到那个拼命叫喊的小女孩，觉得有点面熟，但一下子弄不清究竟是谁家的孩子。

“怎么回事？”

“她掉进去了！掉进去了！”小女孩哭着向黄小荣求救，一边用手指着葛溪。

躺在医院病床上的『最美爸爸』黄小荣。

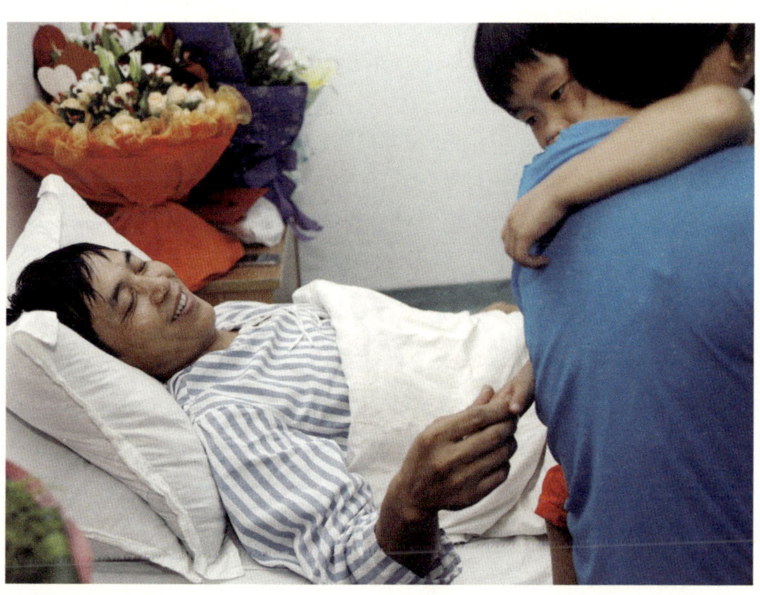

黄小荣二话没说，向女孩手指的方向飞奔而去，老远就看见葛溪深水区里，果然有个小女孩漂在水面上，脸部朝下，命悬一线，情况十分危急。而此刻黄小荣眼前的堤坝足有五六米高，唯一通往那片水域的小路在另一头，绕过去至少得花10分钟，这肯定救不了人。如果从这里直接跳下去，近倒是近，但他不久前刚因伤动过手术的左腿十有八九要报废。

怎么办？

此时的黄小荣，已经来不及作出更多思考，心里只有一个念头：救人要紧！这个念头像一道命令，他的身体像一支箭一样飞出去！

在纵身跃起到落地的瞬间，他本能地做出了保护左侧伤腿的姿势，使全身的重量全部落在右脚上。结果，右脚“不能承受身体之重”，一个趔趄，扑倒在地上。他试着想站起来，只觉得右脚后跟一阵钻心的剧痛，眼前一片黑暗。他知道，自己右脚完了，为了保护右脚，不要使伤情加深，他必须保持不动。伤成这个样子，见死不救也没有人会指责他，他已经努力了！

其时正值中午，烈日当空，溪滩上每一块石头都是烫的，疼痛和炽热迅速消耗了他的体力，他觉得自己已经寸步难行，但眼睛仍死死盯着在溪流中沉浮的女孩。他希望有人来帮他，可左右四顾：没人。这个人只能是他自己！于是他开始爬，一手一手地——不是一步一步——接近女孩……

事后第二天，一帮记者带着卷尺、计时器、手电筒等工具，特地赶到黄小荣救人现场做了测量，试图还原黄小荣跳河救人的具体经过。测量发现，葛溪河宽 29 米，落水女孩璇璇是在河堤坝上有青苔的地方滑下去的，根据村民指出的落水点，距离当时黄小荣跳下去后跌倒的落点，只有 16 米。如果不受伤，正常情况下几秒钟即可抹掉这点距离，捞到人。

"但当时我觉得一辈子也无法接近这个距离。"黄小荣说，"巨大的疼痛让我变成了一个废物，把我钉在溪滩上，根本无法动，一动就钻心地痛，昏过去。我也不知道后来是怎么过去的，大概是滚过去的吧。"

当时黄小荣跌倒的地方离水面只有几米，而且正好是一个下坡。正是靠着坡度的帮助，他用生命仅剩的意识让自己滚下去，落入水中，这是后来他能救人的关键。滚入水里后，奇迹出现了，昏迷的他终于清醒过来。这是因为冷水降温和刺激的缘故。水正在吞没一个人的生命，水也正在树立一个人的意志。有了清醒的意识，就可以凭靠意志去拼，毕竟才十来米距离。

虽然只有短短的十来米距离，但对女孩来说，这是一个生死距离，对黄小荣来说是一段从平民向英雄冲刺的距离。挺住！每游出一米，黄小荣都觉得这是最后一米，是在拼命。他命令自己：你必须挺住，小女孩能否得救全靠你了，你拼了老命也要把她救上来！

就这样，一部现实版的《生死时速》就在葛溪岸边上演了。

就这样，黄小荣用最强的意志和毅力把一个生命救上了岸。

但由于溺水时间过长，璇璇已经失去知觉，身体冰凉，面色苍白，嘴唇发紫，肚子胀得老高。与此同时，出水后脚上剧烈的疼痛再次向黄小荣袭来，而且变本加厉。他强忍着疼痛，一边做人工呼吸，一边用身体的重量压着女孩隆起的腹部。

突然，哗的一声，一大口脏水从女孩嘴里喷出：一个生命重生了！

事后，黄小荣自己都觉得震惊，两个生命是如此顽强又幸运。当听到女孩哭出第一声后，他觉得眼前一片黑暗，正午的阳光也是黑的。他完全昏迷过去，但快乐依然弥漫在他仅有的意识里，仿佛女孩的哭声，是世间最动听又喜庆的音乐。

黄小荣救人的事迹，迅速在网上传开。

一个匿名网友的留言很有意思：如果溺水的是我女儿，我敢！因为反正女儿死了我也不想活了……

另一个网友的留言也有趣：如果我知道跳下去不会摔死，而且还会成为人人追捧的英雄，我敢的。不过我会尽量跳得小心些，尽量别摔伤，否则废了一条腿换了一个光环似乎也不大划算……

有记者就这名网友的留言问黄小荣怎么看，他微笑地反问："孩子的一条命和我的一条腿相比，你说哪个更重要？我的一条腿和一个光环，你说又是哪个重要？"他肯定地告诉记者："如果是为个名声，我是不会跳的，但为一个生命，如果有下一次我照样跳。这里面没有算计，只有本能。一个人的本能应该是善良的，我想换一个人照样也会跳。"

另有两个网友的留言也有意思，一个是"小笼包包"，另一个是"生活本色"。"小笼包包"说：

黄先生值得我们尊敬！在杭州，让我觉得好人多温暖多，在杭州生活真幸福。“生活本色”说：一家企业的老板，忍着伤痛，义无反顾地救起八岁女孩，这样的事迹真实地发生在我们身边，让我们感受到杭州这座城市好人真多的同时，对这位救人英雄肃然起敬！

两人的留言不由让人想起吴菊萍。

似乎是一种巧合：吴菊萍用勇敢的双手托举一个孩子的生命，黄小荣用意志的双脚为一个孩子的生命奔跑；一个因此左手“遇难”，一个为此右脚“遇难”，但一个城市有幸了，被爱心温暖了，被世界传扬了。

黄小荣这拼命一跳，跳出的不仅是现实的高度、思想的高度，更是一个城市的精神和人文的高度！因为这拼命一跳，黄小荣入选中国文明网“2012 年中国好人榜”，也成了人们心目中的“最美爸爸”。

人心美，是真美。

人心美，是最美。

美国大片《生死时速》是靠高科技和大明星合作完成的，而发生在葛溪岸边的“生死时速”，依仗的并不是什么高新科技、大牌明星，而是黄小荣个人的美德和人性深处的光辉。

书籍 高阳《胡雪岩》：最好的作品来自深刻的文化体验

曾几何时，生于杭州的作家高阳与生于海宁的作家金庸并称中国通俗小说的两座巍巍高峰，所谓“有井水处有金庸，有村镇处有高阳”，二人巨大的影响力令所有关乎近现代文学的研究都无法回避。

关于金庸最好的作品，评论家和读者始终在《天龙八部》《笑傲江湖》《鹿鼎记》以及《射雕英雄传》系列中反复纠结，多年未有定论。同样的问题，在高阳这里却仿佛根本毫无争议，超过八成的读者都偏爱《胡雪岩》，从其销售纪录也能看出端倪。严格说来，高阳的长处在于优雅的半文半白文风，自然而浑厚的叙事和传统深厚的历史考据功底，但这恰恰也是他的短处：半文半白并不适合现代读者的阅读习惯，浑厚的叙事缺乏动人心魄的张力。此外，他在历史考据上也饱受非议。高阳的经历与著名史学家黄仁宇颇有相似

根据高阳小说改编的同名电视剧《胡雪岩》的拍摄地（下图），即胡雪岩故居。

胡雪岩故居中高等下人的卧室，其中的用具和摆设基本还原了当时的生活状态。

之处，都当过兵，后来一头扎进历史。遗憾的是，小说家高阳并没能拥有独到而深刻的历史观。他笔下的故事千头万绪，但往往谨慎成规，拘泥想象，使他失去了从另一个角度对历史人物进行审视的可能，令其笔下的人物形象过于熟悉而显得单薄，并缺乏再认识的新意。

《胡雪岩》的不同之处在于，高阳似乎对这位曾经在他家乡叱咤风云的大人物有着比较感性的了解和认识，并不像笔下的其他人，如李煜、乾隆、慈禧等，素材几乎全部来自故纸堆，也不似清末四公子、汪精卫等，来源于报道、评论或笔记。《胡雪岩》的素材构成及创作方式充满了杭城生活的味道，疏淡如水，从容不迫，一派江南贵族气象。这显然有高阳自己深刻的文化体验，才会在每一个清

根据高阳原著改编，实景拍摄的电视连续剧《胡雪岩》海报。

风宛然的细节上，如画卷徐徐展开，有一种真实而简单的美。

高阳对于感情的描写往往过于天真而失之醇厚，并不像金庸那般悱恻缠绵刺人心肠，罗四之于胡雪岩的重要性并不逊于林诗音之于李寻欢或者梅尔塞·苔丝之于基度山伯爵。高阳并没有让他们激烈的情绪发酵酿酒，只是用一个冷静的镜头详细记录下关键时间线上的点滴，颇具纪录片即视感，乍看平淡如水，细品耐人寻味。

本书最大的价值，是高阳对人生境界的参悟。他将自己对于商场、官场、情场以及人际场的理解，借胡雪岩这位特别的人物一一诠释。说起来似乎繁复无比，其实一副对联即可概括：事能知足心常泰；人到无求品自高。王国维一再称赞的“蓦然回首，那人却在灯火阑珊处”，大抵也不过如此吧。

书店 悦览树书房

24 小时不打烊书房这回事，想来总有些不真实，但悦览树书房没有假。

设想一个对准“悦览树”的镜头，高速快进，就见周围的灯光明明灭灭，街上车水马龙起来，又渐次冷清下去，只剩一个悦览树，始终保持着不咸不淡的节奏，晨钟暮鼓，不见变幻。

青年路上有法国大梧桐，一看就是有年头的存在。背后的那棵“树”亦然——解放路新华书店。这在当年，是中国最古老的新华书店之一，马路对面是商务印书馆的地界，20 世纪 30 年代，已体体面面地在这座城市驻扎。

24 小时书房的具体位置，是在解放路新华书店东侧，正经八百的“咖啡馆+传统国有书店”的组合。按照分工法则，总应该有个

不论再深的夜，解放路上，都有一盏灯为你点亮。那里有书，有咖啡香，供你体会温暖，安放心灵。

二八分权的比例，但在这里却是五五开，书重要，咖啡也不是配角，尤其是在深夜时分。由此似乎可以看出，在此地，国营新华书店也怀揣着一颗不安分的心。其实，杭州新华书店的“不安分”是一贯的，悦览树的前身，是书店的书吧——杭州打烊时间最晚的书吧：晚上 11 点。

晚上 9 点，夜间模式开启，通往新华书店的那道侧门关闭，400 平方米的悦览树成为一个独立的存在。都市文艺男女们，陆续走进那道玻璃门，占沙发，据长凳，坐蒲团，形形色色的位

24 Hours
Reading Tree Coffee

DAILY NEWS

Louis Armstrong
Jazz Masters
Newsday
THE MORNING CALL

的沉思

子，看书，发呆，写小说，低声聊天。

直到午夜时分，夜开始迷离。

咖啡馆是充斥着虚构故事的地方，周遭充斥着陌生人，却又并不干扰。若遇到某个人怔怔地盯着你发呆，也许他的焦点并不在你，不过是神游罢了。但午夜时分，捧着一本书，坐在落地玻璃窗边的沙发里，偶尔看见已变成镜子的玻璃窗里的一道目光，是会加深这种迷离感的。

于是虚构的和真实的故事交替发生。

这故事不仅存在于衣着鲜亮的都市男女中间，也在“三保”人群中。曾听过一个发生在悦览树里的故事，主角是此间一个年少且瘦的小保安，每天凌晨两三点，他总是要来买一个面包，站在门边高出桌子几厘米的柜子后吃，并不影响站岗。他试吃过店里所有的面包，回过头去却总是点椰香吐司。每天 20 块钱一个面包，不是一个小数。他总是问，海南是不是充满了这种椰香味。每次说到海南，他的眼睛会放光。有一天他突然说，我要去海南了。就走了，留下一个他自己做的椰香吐司，造型和店里卖的差不多，却分明多放了好几倍的椰子粉和椰丝。海南有他青梅竹马的姑娘。

不知道是不是真有这么一个小保安。但，又有什么关系呢？

城市已沉沉睡去，悦览树的灯光还亮着。

诚者 天之道也
诚之者 人之道也
——《中庸》

古人 白居易："最忆是杭州"的真相

应该没有比白居易更加迷恋江南的大诗人，他的晚年精神世界几乎完全沉浸在对江南山水、人情、风物的无限思念之中，留下无数脍炙人口的诗词，其中尤以《忆江南》词最为出名。其"日出江花红胜火，春来江水绿如蓝"万口相传，几已成为咏诵江南的第一篇章。他所流露出的挚爱之情一如青春少年之于恋人，力透千年，经久不息。

从少年时代避乱吴越，到28岁贡举宣州，再到晚年出任苏、杭两州刺史，白居易的一生都与江南结着不解之缘。这里的风月，这里的人情，都镌刻着他一生的情结。一首《钱塘湖春行》，更是将江南之春的美好工笔素描，然后夺纸而出。我们通常形容妙笔文章是如临其境，即将读者带入到风景中去，但白居易在每一个字都托付了自己最忠诚的深情，景语更是情语，便更甚于感官的体验了：

孤山寺北贾亭西，水面初平云脚低。
几处早莺争暖树，谁家新燕啄春泥？
乱花渐欲迷人眼，浅草才能没马蹄。
最爱湖东行不足，绿杨阴里白沙堤。

白居易

白居易（772—846），字乐天，晚年号香山居士。其先太原（今山西太原市西南）人，后迁居下邽（今陕西渭南北）。早年家境贫困，颇历艰辛。唐代伟大的现实主义诗人，与李白、杜甫并称唐代三大诗人。和元稹友谊甚笃，与之齐名，世称『元白』。晚年与刘禹锡唱和甚多，人称『刘白』。有《白氏长庆集》。822年，白居易被任命为杭州刺史，任内有修筑西湖堤防、疏浚六井等著名政绩。

前文提及，孙策、周瑜开江南风雅先河，至东晋往后文人雅集、宴饮便成了江南文人的日常功课，流风余韵代代不绝。时至中唐，“以那些任职江南爱好文学的地方长官或江南颇负盛名的文士为中心，周围聚集一大批文士进行群体诗歌创作。诗会宴集上群体创作形式多样，常见的如同咏、分题、分韵、联句等等。其中最能体现诗会社交性、群体性特点的莫过于各种或大或小的诗会联唱了。联句为多人共作一首诗，注重意脉的关联、对偶的精当及语言的丰赡，形式技巧要求很高，颇能显示作家的学识与才华，同时又带有很强的社交娱乐性质，所以成为文人集团群体创作的最好的形式”（景遐东：《江南文化与唐代文学研究》）。

白居易便是江南诗坛盟主，在杭州，他称“诗酒主”，可谓一呼百应。不仅诗人，连稍有文化的百姓都模仿他。后来他辗转于江南官场，备受排挤，几乎无事可做，仅行他那日以继夜的诗

西湖边的雕塑『惜别白公』，表现的是白居易奉诏离别杭州赴洛阳之时杭城百姓夹道相送的场景。

酒文会，观吴越歌舞，携众伎遨游，所以他后来回忆江南生活时说："月俸百千官二品，朝廷雇我作闲人。"白居易在江南最终形成了他的人生观："外以儒行修其身，中以释教治其心，旁以山水风月、歌诗琴酒乐其志。"而吴越日趋精致享乐的风尚也让他不停地在诗酒文会上体认到："人生百年内，疾速如过隙。先务身安闲，次要心欢适。"看来，身心的逸乐是他的头等大事。难怪他人到晚年，会如此歇斯底里地思念江南，思念杭州。那里有他最真实的生活：诗歌、女人、风景和酒。

位于白堤一端的断桥一直流传着《白蛇传》的传说。图为断桥今昔对比。

今人 蒋春英：此地无声胜有声

清晨，一个男人来到海边散步，他注意到沙滩的浅水洼里有许多被昨夜暴风雨卷上岸的小鱼，它们被困在沙滩的浅水洼里，回不了大海。男人想，这些小鱼真可怜，用不了多久洼里的水会被沙子吸干，等待它们的就是死亡。

男人继续散步，当他返回来时，看见一个小男孩正在不停地捡起水洼里的小鱼，并用力地把它们扔回大海，一条又一条。男人看了一会儿，终于忍不住问他："孩子，你在做什么？"

孩子说："我在救它们。"

男人说："这么多鱼，你一个人救得过来吗？"

孩子说："如果你帮我，大家都来帮，就救得过来了。"

这是一个故事，多少年来，蒋春英总是不厌其烦，年复一年地给一批批年轻老师讲这个故事。为什么要讲这个故事？因为她觉得自己面对的就是这样一群被困的

长相秀丽，气质文静，心肠柔软，个性坚韧，这是熟悉蒋春英的人对她的印象。

小鱼，她需要更多的人团结到自己的身边，把心系在可怜的“小鱼”上，给他们赢得蓝天和大海，赢得明天和幸福。

20 世纪 80 年代初，蒋春英从师范学校毕业，被分配到杭州市聋哑学校，面对的“小鱼”都是特殊的孩子：他们被困在“听不见的世界”里；他们的人生注定要比其他孩子多些困苦，多些辛酸，多些坎坷；陪伴他们，教育他们，注定也要付出更多的耐心和爱心。

蒋春英清楚地记得，自己是 1983 年夏天正式跨进这所特殊学校大门的，然后是日复一日，月复一月，年复一年，她无法记得有多少条“小鱼”从她手上游向大海，有多少条“小鱼”长成“大鱼”，在无声世界里聆听天的祝福，接受地的拥抱。

“因为时间太久了，三十多年了。”蒋春英浅浅地笑着，“我的全部青春韶华都在‘听不见的世界’里，从上班第一天起到现在，一种特殊的感情和经历塑造了我。”

同是教书育人，教育一群聋哑人，其难度不言而喻。作为校长，蒋春英的感受比一般同事都要多且深。“身体的缺陷使他们内心或多或少有些阴影，他们的内心世界比一般健康人要封闭、脆弱、多疑，这是很正常的。”蒋春英认为，“与他们打交道，你必须拥有常人不具备的那种耐心细致和慈母心肠；向他们传授知识，让他们接受你的教育，你得首先学会用他们的经验方式去思考，去表达，去交流。”

说说容易，做起来难。做一点容易，经年累月、三十多年如一日地做，难度是呈几何级数增加的。“我不是圣人，我很平凡，知难要退，知苦要避。”蒋春英很坦率，“开始那些年，放弃的念头是经常冒出来的，像某种慢性病，时不时就上身了，发作了。”

“为什么一直坚持下来？”

“也许是缘分，也许是苦中有乐。”

“什么乐？”

“付出有回报。他们太需要爱，给他们一点爱，就灿烂。”

这是一块处女地，只要去耕耘，就有收成，且经常是成双成倍的收成。

然而，这又是一块特殊的土地，地处偏僻，土质贫瘠，需要耕耘的少，愿意为之耕耘的人更是少之又少。蒋春英坦承自己开始也觉得这份工作不体面，而且辛苦，要学的东西太多，口形、手语、心理学、社会学等等，一切都要跟正常状态告别，重新开始，走到“另一个世界”里面去。这个世界多数时候是被人歧视的、遗忘的。作为校长，她不但要教育学生，似乎也要教育老师们，让他们把心安下来，把工作干起来。

蒋春英始终认为，想耕耘这块土地，首先必须用心上好每一节课，开启他们的心智，否则一切都无从谈起。所以，从跨进校门的第一年起，她就一头扎入教学研究之中。她努力向老教师请教，潜心思考并努力实践聋校课堂教学中的各种问题。她以教育科研为突破口，以课堂为试验地，先后承担了十余个教育部规划的特教课题、浙江省教育科学规划课题和杭州市教育科学规划课题，撰写了三十多篇管理和教学论文，在《中国教育报》《教育信息报》《现代特殊教育》等报刊发表，并获奖。

经过多年的研究与探索，蒋春英形成了自己独特的教学风格，经常为省内外兄弟聋校教师上示范课、观摩课。她教学艺术精湛，教学效果显著，尤其在开发学生智力，培养学生创新能力，指导及教育心理行为有偏差、学习有困难的学生等方面，更是具有独特的见解和丰富的教育经验，是省内外特殊教育界公认的专家。为提高教学效率，更好地与聋哑孩子交流沟通，她潜心研究手语并呼吁推广使用《中国手语》。在担任校长前，她一直是浙江卫视的手语主持人，参与培训了成千上万的手语翻译，主编并主讲了我国首套 VCD 手语教材。每年，全国各地都有大批前来观摩、培训的同行、老师，他们都有一种相同的感受：到杭州聋人学校来观摩学习，无论是教育理念、教学方法，还是教学成果，都是出人意料的。

除了业务专精，心中一定还要有一份真爱。

蒋春英说:“教育教育，不但要‘教’，更要‘育’。中国的教育，‘教’是世界一流的，但‘育’还不尽如人意。‘育’是什么？是关心，是体贴，是爱，是走进孩子们的心里。”

每当学校有新教师来的时候，蒋春英总是对他们讲同一个故事，就是“救小鱼”的故事。但对每年接踵而来的新生，她总是用行动给他们讲一个个不同的故事，这里不妨讲一个——

有个学生叫许恩丹，耳朵内患有先天性肿瘤，出生时就失去听觉。2007 年冬天，蒋校长发现小许耳朵开始化脓，便带她去医院检查，被告知是肿瘤病变，如不及时治疗，有生命危险。可是一算治疗费，要几万元。这对于小许的家庭来说简直是个天文数字。小许是个单亲孩子，爸爸靠修自行车谋生，收入非常有限，刚来学校时，小许衣服都没有一件像样的，身上穿的几件衣服，大多是老师或家长送的。现在需要这么大的一笔医疗费，上哪儿找去？许恩丹的父亲急得原地打转也无计可施，决定放弃治疗。

蒋春英看在眼里，急在心里。她一面着手联系媒体请求社会援助，一面亲自带头，组织全校教师捐款。在她的带领和鼓动下，全校师生纷纷解囊，加上社会捐助，很快筹足款项，为小许顺利做了肿瘤切除手术。许恩丹出院那天，父女俩在医院走廊上抱头痛哭，诉说衷肠。父亲说:“孩子，你今后一定要记住，你这条命是蒋老师救回来的，她为你做这个手术操碎了心。”女儿说：“爸，我记住了，今后我一定好好读书，争取将来有出息，感谢她。”这场面感动了在场所有人，一时成为医院一段佳话，广为流传。

传到蒋春英耳边时，她只是淡然地说：“小许好好念书，将来有出息了，对社会有用了，就是对我和学校的最大感谢。”淡然？为什么？也许是因为这样的事情她做得太多了，经常做，已经成为她日常生活和工作的一部分，而不是“故事”了。可对一个个“小许”来说，这又是何等感人至深的故事！

学校也是有故事的。

杭州聋人学校创建于1931年，原来叫杭州市聋哑学校，经过八十多年的发展，坎坎坷坷，有艰辛，有荣耀；如今在蒋春英的带领下，正在创造一个个新的荣耀。2007年，学校搬迁至下沙新校区，成为全国聋校中规模最大、设施最先进的现代化学校。

新落成的校园占地面积120亩，建筑面积3.5万平方米。教学区建有标准的康复和学习专业教室；运动区有400米跑道的标准田径场、健身房、网球场、室内篮球场等体育场馆；学生宿舍区配备独立卫生间、饮水系统、唤醒及紧急疏散设施等。学校还拥有能为聋人健康成长提供高品质服务的设施设备，配有标准测听室、耳膜制作室、个别语训室、集体语训室、心理辅导室、图书阅览室等专业用房。在教学辅助设备方面，学校配有千兆校园网络、校园录播系统、LED屏系统、微格教室、电子白板、宿舍唤醒装置、安防监控系统等。这一切能最大限度地满足听障学生的学习与康复需求，成为国内同类学校的佼佼者。

不过在蒋春英眼里，学校最引人骄傲的是，他们为社会培养了一批批自食其力、奋进有为的劳动者，有的在国外工作，有的在省级机关工作，有的留校从事教学工作。当然，大多数是普通的劳动者。喜得宝丝绸，王星记扇业，一些动画公司、服装厂、纸箱厂、印刷厂等企业，年年都会来学校招聘员工，因为这里的学生踏实肯干，上进心强。还有一些学生毕业后自主创业，有的回乡种起了茶叶，卖起了山核桃，有的开公司，办企业。他们中有人大代表、政协委员、劳动模范，有优秀公务员、服装设计师、国际残奥会冠军等成功人士，他们虽然是少数人，但鼓励了更多的人好学上进，追求自我发展。

蒋春英说："我当了三十年的教师，没有教出一个上北大清华的学生，也没有教出一个科学家、艺术家，但我觉得我很富有，因为孩子们找到了自我，创造了他们独有的价值。凡是从我们学校出去的孩子，没有一个是社会的'包袱'，他们的形象也不再是弱者。"

也许在杭州，蒋春英并不是一个家喻户晓的英雄，但在这个"没有声音的世界"里，她是"圣母"，是爱的传递者、接力者。她用单薄的双手，为孩子们撑起一片蓝天，蓝天之下他们曾经孤独的心感受到了鸟语花香和这个世界给他们的善意和仁爱。蒋春英和她的同人们，一起用手写的语言，在这个"无声的世界"创造美妙动听的声音：这声音孩子们也许依然听不见，但看得见，摸得着——此地无声胜有声！

书籍 张恨水《啼笑因缘》：了不起的樊家树

《啼笑因缘》在《快活林》上连载的时间非常明确：1930 年 3 月至 11 月，结集成书则是在一年之后。数载之前，万里之外，一部后来引发了巨大震荡的作品出版，书名曾经几番争论，最后被定名为《了不起的盖茨比》。

如果非要指出两部作品有情节或逻辑上的相似之处，未免有些牵强的意味，但在樊家树身上，我总是不可避免地联想到盖茨比，他们的理想、生活与爱情，所有命运的琉璃塔，皆因时代和道德的错位之缘故，终于塌方式幻灭。

樊家树，这位来自杭州的翩翩公子，带着一身儒雅的书卷气在群魔乱舞的京城求学之际，一面有新时代的精神觉醒，一面迷醉于繁花锦绣的爱情。抛开与成书时代太多

1941年《啼笑因缘》电影在新光大戏院上映时的电影说明书。

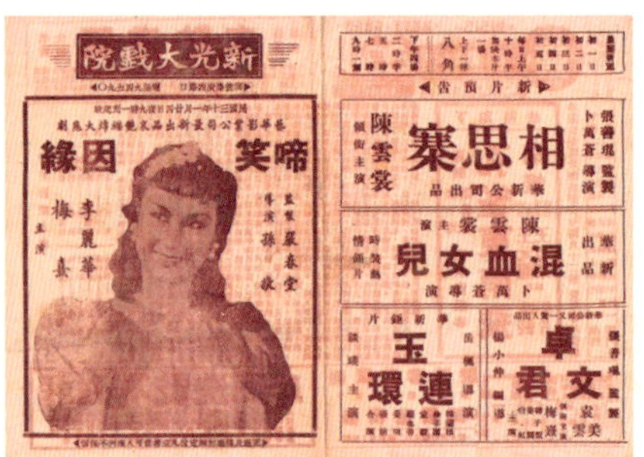

香烟卡是烟草商借社会热点营销自己产品的一种手段。图为民国时期《啼笑因缘》的烟卡，可见该作品在当时的知名程度。

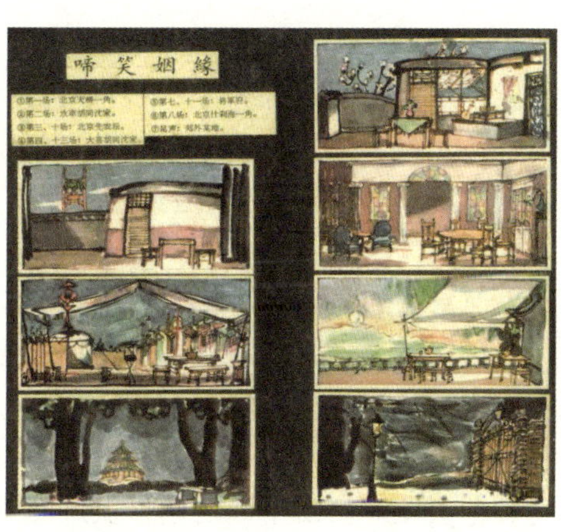

图为20世纪60年代《啼笑因缘》的舞台布景标准，可以看出该布景对江南生活的还原。

贴近的背景，张恨水试图讲述一个干净的故事，三个女人与一个男人的爱情寓言故事。他并不愿意对现实进行多么深刻多么复杂的解析，形而上的哲学更是无从谈起，他只是做了一番讨巧的归纳：沈凤喜、何丽娜、关秀姑分别代表了不同模式的女性，沈凤喜是传统的小鸟依人式的女孩子，何丽娜是代表社会前沿的时髦女郎，关秀姑是社会中的女强人。这三种类型分别满足不同的男性读者的心理需求，每一个男性读者都可以从这三种女性当中找到自己的情感模式，因此在《啼笑因缘》出版之后，引起了大量男性读者的关注。同时，个性中庸、家境殷实、外表出色的樊家树，能够满足大量女性对于白马王子的幻想：之于辛迪瑞拉，他无疑是王子；之于富家千金，他是精神导师；之于女强人，他特有的杭州气质代表了一种家的满足和温馨。

樊家树的了不起之处在于，他为了挚爱的柔弱可人的沈凤喜，在不遗余力地付出，在筹划未来，在勠力奔走改变现状，在寤寐思服欲求佳人。在梦想的追求上，他并不逊色于盖茨比，甚或更富努力，遍尝艰辛。所不同的是，盖茨比实现了梦想，并站在梦想的阶梯上超越了梦想，而樊家树则终于失去了迷失、沉沦（投身权贵刘将军）于金钱旋涡里的爱人，他在一纸胭脂香味中失意，继而脊梁高挺，大踏步走出了儿女情长，锐身赴国难，显然，在“超越”这层真正了不起的意义上，他与盖茨比殊途同归了。他们犹如同一时代不同世界里关乎人性、关乎普世价值的两面镜子，照射出各自关于“更美好生活”的定义。

单就文字而言，张恨水笔法工稳，深谙鸳鸯蝴蝶派之奥妙，这让本书读来颇有江南风物的旖旎，可惜终究又回到了古典小说某种约定俗成的法则中去，无法开拓一片崭新天地——这一点上，菲茨杰拉德显然做得更好。

书店 杭州图书馆

杭州市解放路新华书店的一角，情形让人有些摸不着头脑：拿着书的人们排到收银台前，却不掏出钱来结账，只用身份证件一刷，拿着书就走了。

原来是杭州图书馆2016年的新招：去新华书店借书。

想借书？不如先在杭州图书馆手机APP“悦读”上查查，如果图书馆未收，或还没有达到馆藏数量，就直接去庆春路购书中心、解放路新华书店选吧，抱上新书，直接回家。至于刷的证件，可以是本城的市民卡，或身份证，或杭州地区公共图书馆借书证。

你借的书朋友也想看？二人手机上的“悦读”APP对个眼就是。扫一下对方的二维码，直接转接。至于还书，不用专程去钱江新城的杭州图书馆，人群集中的地段，都有杭州图书馆的分馆和微型图书馆，借还任意。

据说乔布斯当初用尽一切手段让苹果手机“去按键化”，甚至在公众场合露面都不穿衬衫，因为不要出现纽扣——就是为了打掉人与机器的那道壁垒：别跟我说过程有多复杂，只要给我最佳体验就是。杭州图书馆出的牌，似乎是同理。

中国第一家全免费开放的图书馆是它，早在2003年，杭州图书馆就省去了借书证的办理费用——任何一个小门槛，都是大障碍。

2008年杭州图书馆主馆搬迁到钱江新城，够美够大，却远。然而一系列的亲民牌，使此地迅速成为“市民的超级大书房”，200万册藏书量，2000多个安静舒服的位子，还有各种读者沙龙——“不止于大”。

体验式项目不断推出，工具图书馆可以借走各式主题“工具”，比如成套的园艺工具和免费提供的种子；运动馆可以体验击剑、瑜伽、射箭、高尔夫；科技馆有

位于杭州市钱江新城的杭州图书馆馆藏丰富，图书、杂志、影视、信息网络齐全，为广大杭州百姓提供了精神和文化的栖息之所。

国内第二台八大行星体验展台，周遭的天文控们不用专程跑去北京天文馆了。

抛开种种硬件，回到2015年末发生的一个悲伤的故事。一个名叫韦思浩的拾荒老人因车祸去世，在他的家里，发现了他助学的众多孩子的来信，那是他每个月5000元退休金的去向。

他之所以进入公众的视线，源于多年前的一次讨论：拾荒者和乞丐能否进入图书馆？有人拍到韦思浩的两张照片：他在洗手台边细细地洗完手，坐在位子上安静地看他的报纸，拾荒袋放在脚边。那时没有人知道他曾是中学一级教师，20世纪60年代老杭大中文系的毕业生。他不过是众多进入杭州图书馆的拾荒者之一。

他们的进入，会不会影响到别人看书？当时有人质疑。但在馆长褚树青看来，在书面前，人人平等，那句当年被疯转的“我无权拒绝他们入内读书，但您有权利选择离开”也许不是他的原话，但理想图书馆的标准在这里始终如一：公平、开放、现代、多元、无门槛、舒适。

那句被引用了一百万遍的博尔赫斯的话，再多引一遍吧：如果有天堂，天堂就该是图书馆的模样。

最美西湖

讲到杭州，总有一句话如影相随：上有天堂，下有苏杭。

这句话好吗？很是稀松平常。不论正说也好，歪说也罢，此语都是没什么了不得的。不信你念上一遍：上有天堂，下有苏杭……听一听，想一想，比一比，好在哪里？好不到哪里去，八个通用俗字，一个简单的对仗，一点小儿科的押韵，既不精准雅致，也不剑走偏锋，诗不像诗，词不像词。再三考证，谁说的？不知道。无人认领，也不见何方豪士抄录，有点三不沾，是盲流。

不是苛刻，此言确凿寻常：无名头，少名堂。细致品，论诗乏意境，讲趣缺味精，索古无掌故。有一点浪漫主义的东西，似乎更证明它与儿歌、童谣是一路货。这叫什么玩意儿，都跟儿歌比肩去了，难怪没个古人来认领。古人多清高，吟诗诵词，语不惊人死不休，像这等清汤寡水的大白话，死了都不肯认的。

岂不知，就是这么一句稀松平常的大白话，居然像一个成语或公式一样，穿过了千秋世代，老少相传，名贯天下，把满大个杭州举抬上了天，跟一颗北斗星似的，令众生千年如一日地瞩目、念想。这自然是杭州的幸。大幸。千年都修不来的大幸。如此之大幸，倘若降落到一个人的头上，伊人必定羽化升天，翱翔于天际与时间的尽头，和日月同辉，与河山结伴。如此之大幸，即便与苏州平分，杭州的名分也注定是要远播了的。

问题是，这句形意无法无度的口水话，何以有了不朽的魔力，跟镀了金似的，凭的是什么？正是一湖碧水：就是西子湖，就是大名鼎鼎的西湖啊。“欲把西湖比西子，淡妆浓抹总相宜。”西施够美的吧，沉鱼之貌，谁敢跟她比美？西湖！苏东坡认为，西湖怎么着都是跟西施一样美丽动人。这是不是又有点文人无行？不，是真的，有山铁证，有水明鉴。山是青山，灵秀扑面，烟雨凄迷，春来如兰，秋去如画；水是软水，风起微澜，月来满地，夜里不眠，日来不醒。山山水水，细风软语，花情柳意，催生了多少诗词文章？举不胜举：堆起来又是一座孤山，墨香阵阵，锦色浓浓；赏析起来，都是脉脉含情的吟咏，恋恋不舍的相思，用完了雅词，唱尽了风月。

东南形胜，三吴都会，钱塘自古繁华。烟柳画桥，风帘翠幕，参差十万人家。云树绕堤沙。怒涛卷霜雪，天堑无涯。市列珠玑，户盈罗绮，竞豪奢。

重湖叠巘清嘉。有三秋桂子，十里荷花。羌管弄晴，菱歌泛夜，嬉嬉钓叟莲娃。千骑拥高牙。乘醉听箫鼓、吟赏烟霞。异日图将好景，归去凤池夸。

这是与苏东坡同时代的名士柳永广为流芳的名词《望海潮》，词中所说的“钱塘”即杭州，“重湖”即西湖。柳永曾亲历杭州，对这方山水情有独钟，情动之余，笔底风生，寥寥数语，把杭州繁华的美景胜象，西湖迷人的锦山秀水，描绘得活灵活现。其中，尤以“三秋桂子，十里荷花”一句最出奇，神来之笔，妙不可言，美不胜收。据传，金主完颜亮正是看这一妙语后，慕煞西湖，萌发南侵之心，立下“投鞭南渡”之志，并于1161年成行，引兵南下，发动了大举进犯南宋的战争。换言之，是“有三秋桂子，十里荷花”的西湖引发了这场战争。这与越王勾践拿西施做糖衣炮弹去腐蚀虎视眈眈的吴王，以熄灭一场箭在弦上的侵略战争，有异曲同工之妙。

美可消祸，也可起祸。战争在西施的颦笑间化为乌有，又在西湖的花月前风起云涌。此长彼消，西湖在和西施比美呢。美到这份儿上——要用战争的消长来烘衬，高高的擂台上，孰能攀比？无人能比。无物可攀。足见，苏大学士以西施来晓谕西湖之惊世之美，既是入情合理，也是别无选择。由此说来，苏家的这首七言绝句——

水光潋滟晴方好，山色空濛雨亦奇。
欲把西湖比西子，淡妆浓抹总相宜。

绝非虚无浪漫，而是见真见血的绝唱，怎么说都在理，连战争的消长都对得上。其实，苏东坡放言绝唱的时间是1073年，比金主完颜亮为“三秋桂子”引兵发刃（1161年）还要早近百年。后者之举无疑令西湖平添一个与西施媲美的铁证。这感觉有点出奇，好像金主帅是为应验苏前辈的词作才挥师南下——姑妄言之，不足为训。

再说，是金兵南下后第 776 年，即 1937 年，杭州城里又是硝烟四起，战乱不堪。当时杭州城区仅现今五分之一大，但古老的西湖一点不比现在小，湖里与周边的风景名胜也不比现在少，如著名的苏堤、白堤、断桥、西泠桥、望仙桥、锦带桥、玉带桥、锁澜桥、三潭印月、平湖秋月、阮公墩、湖心亭，以及西泠桥头苏小小墓，清波门边柳浪闻莺、钱王祠，孤山上西泠印社、秋瑾墓、放鹤亭、楼外楼、天外天，以及南边白云庵、牡丹亭、净慈禅寺、报恩寺、观音洞，北边保俶塔、双灵亭、岳庙、双灵洞、栖霞洞等。统而言之，即通常讲的一山二月，二堤三塔，三竺六桥，九溪十八涧，在那时光都有。如果往前溯十几年，还有名扬四方的雷峰塔，但当时雷峰塔已经坍为一堆废墟。有趣的是，塔倒之时，俞曲园少主俞平伯之妻，正好立在自家屋里西窗前眺望，她亲眼目睹古塔轰然坍倒。于是古塔有一个精准得不像一个历史时刻的终结之时：1924 年 9 月 25 日下午 1 时 40 分。

到 1937 年 8 月，那些曾经和雷峰塔一起度过漫漫千秋的西湖名胜古迹，美色丽景，乃至全体碧水香山，花情树意，在敌机轮番轰炸下，都预备追随雷峰塔而去。这回肇事的是东洋人，日本鬼子，杭州人叫他们“日本佬”。日本佬为配合淞沪战争，切断我方后援线，于这年 8 月，出动上百架飞机，数十个批次，对杭州进行了历时十数日的狂轰滥炸。鬼子在杭州城里扔下的炸弹不计其数，据说现在杭州城里还时不时挖出当年鬼子扔下的炸弹片，甚至没有开爆的炸弹身，连商标都在。炸弹像尸首一样从天上倒栽下来，没有开爆都吓人，更何况大部分都开了爆，爆破声震天撼地，爆炸力劈天劈地，炸死的人畜无以数计，烧毁的房屋成片连天。几天下来，人间天堂陡然成鬼城，满目疮痍，尸陈街头，把人吓得魂飞魄散，能走的都跑了，能爬的也都走了，留下来的是一群老弱病残，视死如归。西湖和西湖里外的景点，若能跑走大概也会逃掉。但它们不会跑走，只好留下来，陪同老弱病残，听天由命，任鬼发落。

杭州人毕竟受尽西湖恩泽，弃城逃生之际，想到在劫难逃的西湖，心头格外眷恋，或顺路，或绕道，男女老少，络绎不绝，云集到湖边，以极大的虔诚祈求神灵保佑它。如果西湖能够像细软家宝一样捎上带走，他们一定会丢下家宝，捎上它，带走它。手脚捎不上，也要用眼睛带走它。这是最后一眼！怎么说都是最后一眼，逃生不成是，逃生成了也是——就算活着回来，谁知西湖会被炸成什么样。与其看一个满目疮痍的西湖，不看也罢。

罢，罢，罢，西湖完了！

殊不知，战事平息，西湖竟安然无恙，八百亩水域，连同周围数十处景点，自始至终不见一枚炸弹惊扰，湖里岸边，屋还是屋，园还是园，桥还是桥，堤还是堤，景里景外，连一棵树都没少，一盆花都没伤。可谓毛发未损，像是真有神灵保护。是哪方神灵行了如此大恩？杭州人要刨根问底，好知恩图报。

刨出来的“神灵”却是一个“恶鬼”，想报答都不行。鬼有名有姓，松井石根，他是当时日军大淞沪战区的总指挥官，稍后将出任日本驻上海派遣军总司令官。那个夏天，他枯坐在泊于沪淞海域的“出云”号战舰上，杀气腾腾地开动着杀人机器，疯狂屠杀了数十万中国军民。日后将变本加厉，制造惨绝人寰的南京大屠杀。

似乎很难相信，这样一个恶魔会施恩西湖。恶魔行善，必有蹊跷。据说是这样：在松井纠集上百架飞机准备对杭州实施轰炸前，一位系其祖上世交的后辈突然造访他。此人身份暧昧，有说他迷爱中国，冥顽不化，是“大日本军国主义”的刺头；有说他是日本军方长期潜伏在沪杭一带从事特务活动的间谍。他和松井密谈的结果，使松井命令空军在行将付诸轰炸的杭州战区图上，用粗壮的红笔画了一片禁炸区。红线几乎是沿着西湖弯曲的岸线走的，红线之内包含满潭西湖和周围主要名胜，还有一道松井手谕：

西湖美，禁炸，违令者，军法处。

且不说造访者是谁，身份为何，红线总之是松井命令画的，手谕总之是他亲手签的。不用说，正是这条带着手谕的红线，像孙行者用金箍棒画圈护师一样保救了西湖。红线，爱美的红线，施恩的红线，紫气腾腾的红线，阴阳两面的红线。红线像一道天设的屏障，隔出了天堂和地狱：红线之外，火光冲天，血肉横飞；红线之内，碧波荡漾，鱼翔浅底。这是 1937 年 8 月杭州的一个特别的景象，有点两重天的意思。有点匪夷所思，有点可遇不可求，有点……说不清。但有一点即使不说也清楚，就是：西湖从此又多了一个可以高度引证它美的金凭玉据。

此一时，彼一时。西湖，曾经让金主帅大动干戈，而后又让刽子手大发慈悲，两者隔着近八个世纪的时空遥相呼应，相互辉映，联手向世人坦白宣告：西湖山水，旷世之作，美甲天下。有了这种侠客般的宣告——披着历史的黑色斗篷，那些文绉绉的名篇佳作是不是可以按下不表？哪怕堆积如山，哪怕美妙得会飞，也不过为一堆败絮而已。

后记

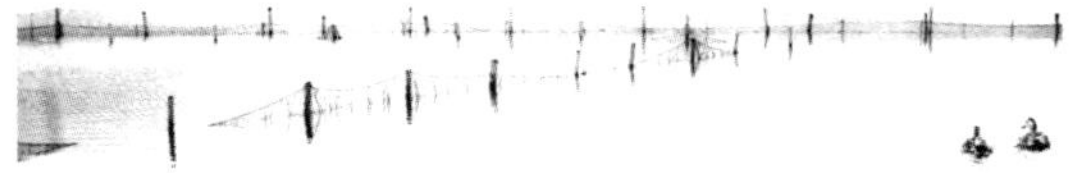

这是一次冒险之旅，一个长于虚构冥想的人，试图对一个具体的城市作真实的记录。尽管我对这个城市有感情，有关注，甚至有一定的深入，但这些远不够我站到这个城市前作哪怕只是限于一方面的报告。除了有些虚名，我觉得自己和这本书几乎没有关系。我至少可以列出七八九十个和这本书有密切关系的写作者，我也同相关人士推荐他们；我发誓他们一定会比我写得好。但我的诚恳和坚定被相关人士想当然地理解为傲慢，这让我感到遗憾。这也是我遗憾地衔命编写此书的本末。虚名把我打扮成无所不能，包括接受一些不可能完成的任务。所以，有时候我并不欣赏自己博得的名利。名利是有重量的。

我努力了，至少阅读了七八十本跟杭州相关的书。但是不够。书是越读越嫌少，而我毕竟精力有限。关键是，这本书有倒计时。无奈之余，只好请人帮忙，帮我读书，帮我采访，帮我收集资料。他们是我前两任助理：成都电视台记者王希和北京某影视公司内容总监洛维，以及《杭州日报》前文化记者郭琳女士。“书店”部分基本上是郭琳完成的，我只是润色而已。“今人”部分洛维跑软了腿，并且洋洋洒洒初稿七八万字，我把它们压成两万字：这不是光靠剪刀可以完成的。王希做的工作不亚于洛维，他在我理想谷的阁楼里闭门十多日，我读的书都是他给我挑选出来的，我落的笔不时有他笔的影子。还有大量图片，是责任编辑陈富余不知从哪里找来的。

现在我有一个问题：这本书的作者是谁？肯定不只是麦家，至少是：麦家、洛维、王希、郭琳等。甚至是：苏轼、林语堂、于谦、马可·波罗、王旭烽、赵柏田等。甚至，它是没有作者的，只有编者。

所以，这本书，我是从遗憾开始的，也是到遗憾结束的。

唯一欣慰的是，杭州需要这么一本书，现在有了。

2016　初夏